KB077378

마음을 여는 속도

마음을 여는 속도

초판 1쇄 2023년 05월 26일

지은이 홍시율 | **펴낸이** 송영화 | **펴낸곳** 굿웰스북스 | **총괄** 임종익

등록 제 2020-000123호 | **주소** 서울시 마포구 양화로 133 서교타워 711호

전화 02) 322-7803 | **팩스** 02) 6007-1845 | **이메일** gwbooks@hanmail.net

© 홍시율, 굿웰스북스 2023, *Printed in Korea.*

ISBN 979-11-92259-91-8 03810 | **값** 16,800원

마음을 여는 속도

홍시율 지음

굿웰스북스

■ 일러두기

- 이 책에 등장하는 외래어 표기는 국립국어연구원 표기법을 따랐다.
- 참고문헌은 문장 뒤에 『 』 부호로 처리하였으며 색인은 생략하였다.

작가의 말

이 시대를 힘겹게 살아내고 있는 사람들이 공감할 수 있는 인생의 가장 핵심적인 가치는 무엇보다 사랑일 것이다. 사랑은 타자에게 말 거는 행위와 더불어 자기에게 말 거는 행위가 동시에 진행되었을 때 느끼는 감정이다. 간혹 그 '말 걸음'이 은닉된 채로 존재하다가 어떤 우연한 심상을 계기로 불거져 나오는 경우도 있다. 긴 삶의 선분 위에 사랑이 촘촘하게 착상되어 이어지기를 바라지만 삶이 힘겨움 속에서 겨우 버티게 되는 이유와 마찬가지로 사랑도 겨우 명맥만 유지한 채 버티게 되는 것이 현실이다. 정확하게는 사랑이라고 느끼는 감정은 인생에서 드문드문 존재한다. 시간이 지나가면서 그 사랑을 보강하기를 원하지만 쉬운 일이 아니며 남아 있는 것조차도 빠르게 소진되어 간다.

사랑은 젊음에만 국한된 특권이 아니다. 그렇기에 인간이 사랑으로 살아가고 있다고 했을 때 더 이상 젊지 않은 사람들의 사랑은 어떤 모습을 띠고 있고 어떤 방향을 향하게 되는가의 단상도 필요로 한다. '사랑 없음'의 고통이 병이 되어 고독 속에 침잠하게 되는 일들이 빈번하게 존재하는 현실에서 사랑이 꼭 사랑의 모습으로만 올 필요는 없다는 생각을 하게 된다. 이해이든, 우정이든, 편안함이든, 어떤 형식적 관계라고 해도 인간의 온기를 느낄 수 있는 것이라면 그 최소한을 구성할 수 있다. 와중에 좀 더 적극적인 사랑이 추도될 수 있다는 바람으로 그 정점을 바라보게 되는 것이니까. 그곳으로 이르는 길에서 거쳐야 하는 인간적인 경로도 중요한 비중을 차지하게 된다.

개인이 세상을 바라보는 시각이 어떠한가에 따라서 그의 삶이 구성되는 것이고, 그 내용들이 엇비슷하다고 해도 구체적 경험에서 느끼는 감정은 차이가 많다. 사랑이라고 해도 그 사랑이 머무는 자리들이 다르고 흔적들도 다르다. 다만 사랑에 대한 해석이 개별적이더라도 상처가 비슷한 양상을 보이고 아픈 부위가 동일한 것은 인간의 문화적 양상에서 비롯된다.

이 글은 삶을 구성하는 다양한 요소가 그 진행 속에서 어떻게 자기를 나타내고 삶에 변화를 가져오는지 적은 글이며, 사랑은 그중 가장 중요한 요소이다. 무료하지 않게 읽힐 수 있도록 사이사이에 잠언형식을 빌려 적은 글들은 시 노트 틈새에 빼곡히 적어놓았던 문장들과 길을 가며 이어지는 생각들의 단편을 옮겨 적은 것들이다.

세상을 살아갈수록 견뎌내야 하는 일들이 많아지지만 그것에 어떤 의미를 부여하느냐에 따라서 그 내용의 자리가 달라진다. 살아가는 일이란 기다리는 일들과 서둘러서 진행해야 하는 일들이 서로 경합하여 이루어지는데 그걸 결정하는 것이 개인의 성향이라고 해도 순간적인 감각이 우선된다. 자기 자신과의 공명이 중요한 이유이다. 인생은 내가 외면한 것들 속에 깃든 삶의 내밀한 이야기들과 사랑의 이해들과 알다가도 모를 우연찮은 규칙들이 이끌어가게 된다. 나는 항상 열려 있다고 말하면서도 막상 중요한 지점에서 망설이게 되는 것은 시리고 아픈 기억들을 복기해내기 때문이다. 그래도 결국 내 마음의 실타래를 푸는 것은 그것이 나 자신을 사랑하고 확인하는 유일한 길이기 때문이다.

인생은 내가 외면한 것들 속에 깃든 삶의 내밀한 이야기들과

사랑의 이해들과 알다가도 모를 우연찮은 규칙들이 이끌어가게 된다.

인연을
완성시키지
못한
이유들

그 많은 날들 속의 아름다운 사람 몇 명을 평생 내 동지로 삼을 수 없었던 이유들이 나를 괴롭힌다. 좋은 감정과 태도들을 뒤로하고 너무 자연스럽게 이별의 인사도 없이 스쳐 지나갔다는 사실이 나를 안타깝게 한다. 사랑이 아니었을지라도, 혹은 사랑이었을지라도 그렇게 매몰차게 아무런 감흥도 없었던 것처럼 평범한 일상 속으로 되돌려놓아야 했던 부분들은 삶의 시간들이 채워져 가면서 더욱 나를 슬프게 한다. 인연의 매듭을 만드는 것이 내가 할 일이 아니라 우연의 산물이라고 한쪽으로 제쳐놓아서였을까. 아니면 나에 대한 애착이 너무 커서 내 길 가는 데에만 몰두해서였을까.

뒤를 돌아다보면 몇몇의 인연은 좋은 교감이 충분히 이어져서 내 삶의 동력이 되고 친구가 되고 위안이 될 수 있었을 터였는데 너무 쉽게 그 끈을 놓아버린 것에 대한 아쉬움이 있다. 마음을 확인하는 것까지는 다가갔더라도 그 잔잔한 교류가 인연의 전부였던 시간들에 대한 반성이 있어야 하지 않을까 하는 생각이 들기도 한다.

망설임과 자신 없음이 있었을 것이다. 그건 다름 아닌 현재의 나를 내놓고 인정받기보다는 훗날 더 확장된 모습으로 나서고 싶다고 열망하며, 오히려 나를 위축시키는 원인이 되었다. 나는 정체와 고독 그리고 결벽을 매일 수놓고 있었다. 사는 내내 나를 꼼짝 못하게 묶어놓았던 습성들인데 대부분의 사람도 이와 별반 다르지 않다는 데서 안도가 아닌 아픔을 경험하게 된다.

일직선으로 걷는 삶의 관성들도 한몫을 한다. 눈여겨봐야 할 곳에서 발길을 멈추고 자세히 바라보지 못하고 시간에 쫓기는 데는 다양한 이유가 있고, 대부분 삶의 여유 없음을 그 핑계로 내어놓는다. 일상적이지 않은 느낌을 받았음에도 그냥 지나치는 무딤은 한참이 지나서야 그곳에 뭔가가 있었다는 복기가 이루어지고 뒤돌아보았을 때는 이미 늦은 것이다.

삶은 설마 그럴까 싶은 생각이 들 만큼 같은 상황으로 이루어진 순간들이 선택과 고민의 반복으로 채워지는 과정이고 사람은 자기 마인드가 확고해지면서부터 변화하기 쉽지 않은 경향을 보인다. 오히려 그즈음부터 완고해지기 시작하는 것이다. 우리가 기시감을 느끼는 것도 비슷한 상황의 도래 때문이기보다는 조금 다른 상황에서도 똑같은 것을 느끼는 교착된 마음의 반복 때문이다.

개인이 가지고 있는 사회적 스킬에는 강점과 약점이 섞여 있는데 상황에 어떤 스킬을 적용하느냐는 또한 같은 느낌을 받고 같은 선택을 통해서 이루어지므로 그 피드백도 동일하게 나타난다. 삶의 여유 없음이라고 붙인 이름들의 본질은 고정화된 개인의 사고패턴 때문이다.

내가 세상에 양보할 수 있는 부분과 양보하지 못할 부분의 경계에 대한 고집은 다분히 자의적이기에 나는 내어줬다고 생각하고 반대급부를 주장하는 형국이지만, 사람들은 나에 대해서 제대로 알지 못하고 그 구분의 합리성에 대해 의문을 제기하기 때문에 교류는 원활하지 않게 된다. 양보한 것과 양보하지 못할 것에 대한 경계를 다시 조정하기를 요구하는 것이다. 타인은 나를 침범할 수 있어도 나는 여간해서 나를 침범하지 않으려 하기에 그 반향이 나와 세상의 경계를 이루게 된다.

그 경계는 나와 세상의 통로이면서 울타리이고 한편으로는 세상과 나를 구분 짓는 매듭이다. 사람마다 그 영역이 모두 달라서 그 경계의 주변에서 각양각색의 이야기와 에피소드들이 이루어진다. 사랑과 교감이 어우러지면서도 각종 불협화음과 분쟁이 끊이지 않는 일정 형태의 지대를 형성하고 그 흐름이 계속해서 이어지다 보면 결국 나라는 인간의 형체가 객관적으로 드러난다. 사람도 변화하고 진보하는 개체라서 어떤 특정 시점을 통하여 자기를 확충하고 보다 크게 넓혀 가는데, 축적된 경험을 통해 내용물이 들어차면 가장 합리적인 것으로 자기를 재탄생시킨다. 좋은 인연을 통한 동화도 한몫을 하지만 무엇보다 스스로 어떤 벽을 넘어서는 각성을 통해 자기를 약진시키는 것이다. 훌륭한 품성은 많이 두드려지고 다듬어져서 이루어지는데 그곳에서 생성되는 고통을 뛰어넘고 자기의 현재를 이해하고 세계를 받아들이며 타인에 대해 측은지심을 느끼는 시야는 인간을 발전시키고 앞으로 나아가게 한다.

사람들은 흔히 그래도 달라지는 것은 없다고 말을 한다. 그러나 세계를 바라보는 조밀하면서도 거대한 시각이 그 세계의 발전에 이바지하지 못한다는 판단은 기우이다. 우리는 모두 서로가 서로에게 영향을 미치는 관계 속에서 살아간다. 주체와 관계의 어우러짐 속에서 계속해서 변화하는 세계의 한 부분을 장식하며 그 세계 속의 한 점으로 살아가게 된다. 개인의 왜소한 주체적 요구가 세계의 응답을 받지 못하더라도 내가 성장한 만큼 나의 자리가 새롭게 생성된다. 응답에는 언제나 시간차가 있다. 훨씬 정돈된 나의 세계는 품위를 저장하고 장중하고 세련된 말투는 듣는 이를 편안하게 한다. 그래서 인간적인 진화는 개인의 중요한 과제가 된다. 나와 세상을 구분 짓는 경계가 확정되면 간과하던 부분들에 대한 판단도 보다 또렷해지고 삶의 관성은 방향을 다시 잡는다.

한편으로는 인연을 기다리기만 했지 스스로 찾아가지 못했던 소극적 태도가 우리를 후퇴시킨다. 그 창창한 날들 속에 중요한 덕목들을 품고 부드럽게 침잠해 있는 친근함을 왜 멀리서 바라보고만 있었을까. 미래의 가능성만을 남겨둔 채 하염없이 제자리를 맴돌고 있었던 대상은 사람일 수도, 직업일 수도, 세계일 수도, 지역일 수도 있다. 특정한 신호가 나타났을 때조차 그것을 알아보는 눈을 갖추지 못하고 뒤돌아서서 울었고 다시 돌아오기만을 바라며 멀리서 전전긍긍했었다. 기다림은 병이 되고 화가 되고 때로는 나의 시간 속에서 영원히 자취를 감추기도 한다. 인간 각자에게 주어진 시간은 모두 동일하다고 하지만 제때 선택을 한 자와 선택을 미룬 자의 시간은 엄청난 차이를 가져온다. 알찬 시간의 확보는 내가 흘려보낸 무의미한 시간들을 모두 갱신하고도 남는다. 우리에게는 시간의 질이라는 것이 있어서 자기 시간을 온전하게 사용하기 위해서는 서둘러야 할 때와 그렇지 않아도 될 때를 구분해야 한다. 동시대인으로 취급받는 것에서 불편함을 감수해야 하는 사회적 약자에게 시간도 불공평하게 배분되고 소비에서조차 자유롭지 못하기에 그 열매 또한 열악할 수밖에 없는 현실을 직시한다면 나의 시간을 정당하게 사용할 수 있는 권리를 묵혀두는 태도를 벗어나 잠든 시간을 깨우고 새로운 삶의 기회를 찾아나서야 한다.

더욱이 내가 원하는 것은 어떤 다른 것으로 대체할 수 있는 단순한 구두나 컴퓨터 칩이 아니라 내 인생의 방향을 바꾸고 금이 가서 너저분하게 먼지가 쌓여 있는 빈 공간을 알차게 채울 수 있는 인연이 아닌가. 우연하게 다시 그 기회가 찾아온다고 해도 예전의 생동하는 느낌과 같은 빛나는 것이라는 보장도 없고 미래의 시간의 소비가 활기차지 않을 수도 있다. 애틋함만이 더할 뿐이다. 기다리기만 하는 태도는 삶에 집적되고 세계가 나에 대하여 기다리는 자라고 낙인하면 내가 이룰 수 있는 꿈의 폭도 좁아진다.

나는 왜 기다림에 익숙해져 있었을까. 상처받는 것이 두려워서 선뜻 다가가지 못했던 이면에는 나약함이 자리하고 있다. 나의 열악함이 발견될까 두려워하는 마음도 그중 하나이다. 생명은 같은 가치를 지니고 있다고 하면서도 관계에 있어서는 삶의 높낮이를 따지려는 인간들의 습속이 나를 위축시킨다. 그래서 좋은 것과 정갈한 것을 앞에 내어놓게 되고, 그다음으로는 인간적인 스토리를 배치하고, 남아 있는 평범함과 상처는 숨기게 된다. 관계 속으로 들어가다 보면 어두운 부분도 열어야 하기에 다른 이의 평가가 두려운 것이다. 혹시 나를 멀리하게 될 이유들이 그곳에 잠재해 있다면 남은 애틋함마저 상처받을지 모른다는 생각이 나를 주저하게 만든다.

그러나 부족함을 갖고 있지 않은 사람은 없다. 현실의 빈약함을 대체하는 확실한 대안이자 간판은 따로 없다. 재력이 그 일부를 감당하기에 인간의 왜소화가 가속하게 되는 원인이지만 내가 행복을 느끼는 다양한 소재들이 돈을 확보하는 데 부족하다고 해서 폄훼될 이유는 전혀 없다. 오히려 풍요로운 삶을 이루는 데에는 자기를 능동적으로 단련시키려는 노력들과 작은 것에서도 행복을 느끼는 태도들이 중요하다.

인연의 실마리를 찾지 못한 것이 원인일 수도 있다. 때를 기다리며 내가 충분한 자격조건을 갖춘다든지 우연한 상황의 연속적인 도래를 기대하는 것은 비현실적인 일이다. 스스로 지치고 포기하는 일이 일어난다. 인간의 삶에서 우연함이 차지하는 비중이 적은 것은 아니지만 그건 단순한 결과일 뿐이지 우연을 목표로 삶을 진행시키기에는 우리의 삶이 너무도 짧다. 때를 기다리기보다는 먼저 다가가는 것이 자기 인연을 스스로 찾아나서는 사람의 모습이 아닐까. 인생의 가장 큰 슬픔은 보고 싶은 사람을 보지 못하는 슬픔이다.

낯선
따뜻함

*

내가 비워놓은 공간으로 사람들이 들어온다.

사회생활이든, 이성이든, 아이와의 대화이든

그 빈 공간으로 마음이 오고간다.

비우게 되면 반드시 무엇인가가 들어찬다.

*

나란 존재의 조각들을 맞추다 보면 원래 빈 곳인데도

어떤 다른 것으로 채워져 있는 곳이 있다.

그것이 나의 인위적인 장막인가

누군가가 만들어놓은 낯선 따뜻함인가 알게 되면

사람과 사랑을 이해하게 된다.

*

울음의 끝에는 짜낸 산소를 들이마시기 위해

들숨이 연거푸 이루어진다.

호흡이 제대로 이루어지고 몸이 평화를 찾으면

모든 것이 고요해진다.

인생의 산소는 사랑이기에

사람은 진정한 사랑을 찾을 때까지

평화를 얻지 못한다.

*

시작이 반이라면 끝도 반이다.

시작의 과정에서 생성되는 갈등의 시간과

끝의 과정에서 겪게 되는 고통의 시간은

인내라는 측면에서 별반 다르지 않다.

인내의 열매가 따로 있는 것이 아니며

인내가 바로 그 열매이기 때문이다.

*

인생의 크나큰 선택들도 결국은 감으로 이루어진다.

충분한 해석을 거친 감인지

단순한 느낌상의 감인지에 따라 그 결과가 달라진다.

대부분의 선택이 충분한 해석을 거쳤다고

스스로 생각하지만 그 해석 능력이 부족한 데에서

실패가 오는 것이다.

*

물질이 없는 사랑은 공허하다.

물질은 사랑의 조건은 아니지만 책임의 소재니까.

사랑은 물질을 경유하기 때문에 공허로 흐르지 않는다.

그런 면에서 물질은 번뇌가 아니라 순수한 전도체이다.

다만 물질을 목적으로 하는 사랑은

서로의 깊은 곳을 채워줄 수 없기에 쉬이

시들고 볼품없어지며 추해지기까지 한다.

*

색은 공空이나 가득 참滿이 아니라 이어짐緣이다.

색이 공이라면 어떻게 그 오랜 세월 동안 인간사회를

이루고 지탱해왔을까.

인간의 사랑은 51%가 색이다.

색은 사랑 자체가 아닐지라도 사랑을 이어주는 강한 끈이다.

물론 과도하거나 불온한 색은 공이다.

*

이성의 사랑도 어느 땐가에 이르러

정신적 사랑으로 승화된다.

물질이라는 도체를 거치지 않아도

교류가 가능한 경지에 다다르면

드디어 평온한 사랑은 정착된다.

*

사랑받지 못했다고 투덜댈 필요는 없다.

기나긴 인생에서 분명 누군가로부터

계속해서 사랑받았음이 분명하다.

그렇지 않다면 어떻게 인간의 안온함을

이렇게 깊게 간직하고 있을까.

내가 느끼지 못했을 뿐이다.

*

이 세상에서 제일 예쁜 것은

거울 속의 당신이 아니라

당신 마음속 거울의 사랑하는 사람입니다.

*

설마 나를 원망했던 이들도 있었을까.

결벽 때문에, 습관 때문에, 말실수 때문에, 무관심 때문에.

그러나 그 원망으로 죄를 지은 것은 아니다.

인간은 자기를 보듬는 능력이 충분하고

그 자극을 자양분 삼아 더 지혜로워졌을 것이다.

진짜로 지은 죄는

원망보다는 되받을 일이 생긴다.

*

날기를 겁내면 날지 못한다.

때가 이르렀을 때 날 수 있도록

늘 날개를 손질해둬야 한다.

어쨌든 우리는 한 번은 날아야 한다.

*

일상생활에서 건강을 해치는 세 가지 습관이 있는데

미움과 화와 지나친 자책감이다.

*

모든 인연에는 분명 끝이 있다.

마지못해 이어지는 인연을 억지로 연장하려 들면

상처만 받을 수도 있다.

좋은 인연을 계속 이어가려면

처음의 섬세함으로 돌아가야 한다.

*

상대방이 말 붙여 주기를 기다리지 말고

내가 먼저 다가가서 기다리는 그에게 말을 붙인다.

그러면 시간이 지나도 후회가 남지 않는다.

*

사랑할 줄 알아야 사랑받을 수 있다.

받기만 하는 사랑은 오래가지 못한다.

사랑은 타동사니까.

*

가장 중요한 순간을 망가뜨리지 않는다.

핑계 대지 않고 도망치지 않는다.

인간적인 체온을 느끼지 못할 경우라면

평생 후회 속에서 살게 될지도 모른다.

*

의지와 믿음보다 중요한 것은

현실적인 나의 시의적절하고 적극적인 태도이다.

자기만의
음색

인생의 전략은 단순하다. 들인 노력에 비해 큰 결과를 얻는 것이다. 그 과정이 험난하다고 해도 원하던 결과를 얻는다면 충분히 보상받았다고 할 수 있을 것이다. 대부분의 경우는 들인 공에 비해서 결과는 보잘 것 없고 내가 생각한 바에 훨씬 미치지 못하게 된다. 경쟁이 치열하기 때문이기도 하지만 우연찮은 변수가 그 향방을 가름하는 일도 많고 나 스스로 지치고 번 아웃이 되어 자기 꿈을 계속해서 추도하지 못하고 자포자기하기도 한다. 인생 자체가 최소한 손해 보는 장사는 아니라고 말하지만 그 말이 무색할 정도로 괴롭고 힘든 일이 계속해서 나타난다. 만족을 아는 것으로부터 삶의 수긍을 이끌어내는 과정을 피할 수 없다.

입력보다 출력이 많게 하자는 바람은 단순한 계산법일 뿐 인생에서도 가역사이클은 존재하지 않는다. 운을 기대하지만 실제 그 운이 작동한다고 해도 단순한 우연의 산물일 뿐이고 그런 혜택을 볼 수 있는 경우도 드물다. 한 개인의 역사에서 시간이란 믿을 게 못 되기에 부지런히 자기를 갈고닦아 쉼 없이 앞으로 나아가는 방법밖에는 없다.

인생에서 다양한 사람을 만나게 되는데 성실하고 올곧은 사람들도 있지만 옳지 못한 스킬을 사용하여 주변 사람들을 곧잘 골탕 먹이는 이들도 많다. 인류는 건방지고 얍삽한 자들을 도태시키는 진화형태를 거쳐왔지만 순간적으로 유익한 길에 자기 자신을 쉬이 노출시킨다. 용감하고 정직한 사람들은 시대의 전장에서 용기 있게 나서다가 다치고 자기를 희생함으로써 비겁하고 이기적인 유전자가 살아남을 가능성이 더 크다는 것이 리처드 도킨스Richard Dawkins의 견해이다.

여러 험난한 일들이 닥쳐왔을 때 발전적 진화를 이끌어 한 발을 크게 떼게 되기도 하지만 반대로 소극적인 기제들이 작동하여 자기방어나 변명으로 상황을 모면하려는 시도를 한다. 이런 '회피'라는 방어기제들을 많이 사용하는 사람들이 주변에 있을 때 우리는 실망감을 느끼게 된다.

내 삶에 좋은 인연들을 많이 확보하는 일은 운이기도 하지만 개인의 노력을 통해서 그 선순환을 맞이해야 한다는 주장들이 설득력 있게 다가온다. 인생은 힘든 관문을 통과하면서 왜곡된 상황을 피하고 긍정적이고 검증된 사람들로 구성된 집단에 속할 수 있다는 얘기지만 단지 확률적인 평가일 뿐이고 어디에서나 되바라지고 약삭빠른 사람들은 있게 마련이다. 어쨌든 잘 풀린 사람들은 잘 살게 되고, 잘 풀리지 못한 사람들은 그 잘못 풀린 이유들과 계속 씨름하면서 살게 된다.

잘 풀리지 않는 상황이 꾸준히 닥치게 되는 원인들의 일부는 멀리 있지 않다. 기본적인 문제들은 나의 내부에서 찾아야 한다. 불필요한 고집과 부정적인 마인드, 게으름과 잘못된 언어습관, 성급함 등이 그것이다.

자기에게 좋은 운이 들어오는 입구를 여러 이유를 들어 배척하고 귀찮아
한다. 내가 정해놓은 부정적인 룰이 많을수록 다가오는 기회들을 나도
모르게 순간적으로 거부하는 경향이 나타나기에 세상은 왜 있는 그대로
의 나를 받아주지 않느냐의 하소연은 아무런 의미가 없다. 세상이 내게
다가오는 것이 아니며 반드시 내가 세상에 다가가는 것이라는 사실을 직
시해야 한다.

책을 읽고 공부를 하고 진취적인 사람들의 얘기에 귀를 기울이고 내
면을 확장하는 작업을 하는 것은 나를 더 좋게 변화시키려는 노력이므
로 세상이 나에게 문을 열어 기회를 더 많이 줄 수 있도록 나를 가꾸는데
힘써야 한다. 결국은 내가 변화되어야 나의 세상도 변화하게 된다. 자기
를 기준 삼아 세상을 재단하려는 태도가 완고할수록 자기 발전의 기회를
막게 된다. 정체 없는 이유들과 필요에 따라 늘어놓는 습관화된 변명들
이 존재한다. 그럴듯해 보이지만 결코 논리적이지도 않으면서 과거로부
터 내려와서 쉽게 체득된 이기적이고 무자각적인 습속들이 원인들인 것
이다. 직업적인 기술들이 따로 있지만 실제 나를 앞으로 전진시키고 발
전시키는 사회적인 기술들이 훨씬 중요하다는 생각도 하게 된다. 그러한
기제들이 쌓여서 어느 날 문득 내게 기회의 문을 열어주기 때문이다. 좋
은 인연이 좋은 운을 불러오는 창구인데 그러려면 내가 긍정적으로 준비

되어 있어야 하고 열려 있어야 한다. 과거에 오랫동안 사로잡혀 있다 보면 이러한 각성들이 늦어지게 되고 삶은 그만큼 더디게 된다. 풀리지 않는 과거의 의미보다 새로운 의미를 써가야 하는 날들이 많이 남아 있다.

의미는 합쳐지고 가감되어 새로이 확충된다. 우리는 배우고 직업을 얻고 사랑하고 서로 싸우면서 나이 들어간다. 인생의 대부분을 일하고 먹고 마시고 잠자는 데 할애하면서 삶을 깨우치고 나를 확인하는 시간을 갖는다.

인간은 각자의 운명에 어떤 이유가 있을 것이라고 생각하는 경향이 있다. 문화와 종교가 각기 다른 집단 내에서도 별반 차이 없이 이러한 습속들이 자리 잡았는데 그만큼 미래를 두려워하면서도 미리 알고 싶어 하는 심리가 작용한 탓이다. 삶이 잘 풀리지 않는다고 생각되는 시기에 고유의 해석 방법을 이용하는데 내 마음에 들 수도 있고 아닐 수도 있다. 어쨌든 내 앞의 문제들을 해결하는 개인의 선택에서 가장 중요한 것은 현재 상태의 이성이다. 모든 것이 정해져 있다는 결정론적 세계관이 마음 편한 일이 될 수는 있겠지만 내가 주도적으로 상황을 해결해나가는 과정에서 생성되는 인식의 확장이 나를 형성하는 것이다. 나는 정해져 있는 개체가 아니며, 주체는 언제나 과정 중이다. 세상의 평판은 나의 품성을 나타내는 잣대가 아니라 그 결과물이다.

어리석음은 우리의 배경이다. 지혜는 깨우침의 결과이고 인간의 시간은 그 어리석음에 빠져들지 않기 위한 노력들로 채워진다. 시간의 속성은 선택이지만 그 내용물은 계속해서 조금씩 누수되기 때문에 자기를 꾸준히 보충해나가야 세계 속에 나를 유지시킬 수 있다. 누수되는 것들은 체력일 수도, 돈일 수도, 삶의 스킬이나 기술일 수도, 순수하고 열정적인 마음일 수도, 자신감과 기회일 수도 있다. 아무리 엔트로피를 보충하려고 애써도 결국은 우리 자신을 이 세계 속에 고스란히 소모하고 마는 것이 존재의 운명이다.

그러나 그것들 중에서 더 세련되고 두터워지는 것이 있는데 그것이 바로 지혜이다. 나를 계속해서 다듬어갈수록 나는 좀 더 나다워지고 인간다워진다. 인간의 완성이란 존재하지 않기에 죽음에 이르는 순간까지 꾸준한 노력이 요구된다. 세계가 나에게 어떤 과제를 이루지 못했다는 신호로 절망적인 시련의 고통이 찾아왔을 때 나의 선택과 오만함을 되돌아볼 수밖에 없다. 너무 가혹하고 불공정한 경우라고 해도 내가 할 수 있는 일이란 이 세계를 견디듯 두 눈 크게 뜨고 나를 견딘다.

자기를 흉내 내는 과정에서 혁신이 이루어지므로 고유의 목소리를 찾을 때까지 스스로를 갈고 닦아야 한다는 말은 작가나 예술가들에게 한정되는 말이 아니다. 모든 인간은 자기의 삶과 영역에서, 생활 속에서, 심지어 절망 속에서도 자기만의 아름다운 음색을 찾기 위해 앞으로 나아간다. 인생은 단 한 번뿐이고 누구와 비교할 수 없는 것이기에 독특한 자기 세계를 여는 일은 가치를 가진다.

나는 시간이라는 물줄기를 따라 흘러가고 세계의 변화는 나보다 빠르거나 느리게 나와 같은 방향을 향한다. 개인이 미리 확인하고 싶어 하는 운명이 미래의 어떤 지점에 착상되어 거꾸로 불어오는 바람결에 그 흔적을 실어 보낼 것이라는 가정은 내가 현재라는 시간의 파도에 정처 없이 표류하기보다 강하게 저항하며 앞으로 헤엄쳐 나갈 때 의미를 지닌다. 운명은 삶의 예정이 아니라 지나온 삶의 루트들이 반복되어 변주되는 과정에서 마주치게 되는 친근한 변수들의 조합물인 것이다.

개인이 만드는 삶의 규칙들이 때로는 세밀하거나 거칠게 세계에 침투하여 나를 앞으로 견인하지만 그중에서 오랫동안 나를 지켜주는 편안한 상태의 것은 많지 않다. 맨 마지막까지 내가 만족할 수 있는 규칙들은 정갈함이 배어 있게 된다. 인간의 사명은 녹슬지 않는 지속이다.

계절

*

인간은 상처를 통해 성숙한다. 다 아물지 못하는 흠결 한편에서 내 확장의 실마리가 발견된다. 아프면서 쓰라린 그곳이 내 새로운 공간으로 자라게 된다. 내가 도저히 열 수 없는 곳에 생기는 상처는 어느 누구의 탓도 아닌 나의 고집 때문에 경직되어 있다가 삶의 공격을 받아 고통스럽게 벌어지는 현상이다. 언젠가 그곳이 깨우침의 장소가 되어 나를 안아준다.

*

만남이 서툴러서 부자연스런 상황이 연출되는 것이므로
사람뿐만 아니라 특정 사물들이나 나이, 혹은
계절 등과 같은 내게 감지되는 모든 대상에 대하여
마음을 열어놓는 것이 중요하다.
무엇은 어떠해야 한다는 관념이 견고할수록
삶은 미숙함으로 가득 차게 된다.
어떤 생각이 마음속에 들어찼을 때에는 나갈 통로도
마련해놓아야 한다.

*

자기 자신이 보이기 시작한다는 것은

나 자신보다 서로의 호흡을 더 중요하게 생각할 수 있는

마음가짐이 정착된다는 뜻이다.

전에는 느끼지 못하고 지나쳤던

자연과 사회와 사람에 대한 이해가 다가옴으로써

나조차도 집착 없이 바라볼 수 있다.

대신 그간 잃어버렸던 시간들에 대한

아쉬움도 커가게 된다.

*

산비탈을 깎아서 집을 짓고 산다고

그 넓고 고즈넉한 경치를 통해

삶의 깊이 있는 물음들을 제대로 헤아릴 수 있을까.

보다 근원적인 것들은 그 안쪽, 작고 여울져 있으며

굽이지고 흐르는 소리를 제대로 낼 줄 아는 곳에서 이루어진다.

사람들은 위에서 아래를 굽어보기 좋아한다.

진정한 삶의 의미들은 그 아래에서 태동하기에

굽어보는 자들은 늘 공허에 시달린다.

*

맛있는 것을 먼저 먹을 수도 있고

아꼈다가 나중에 먹을 수도 있지만

너무 아끼다가 그 보관된 사실을 잊어버리는 경우도 생긴다.

인생의 어떤 선택들은 생각날 때 시도하고

마음 갈 때 주저 없이 움직여야

시간의 예정이 다른 시간들에 의해 침해받지 않게 된다.

기회는 한꺼번에 우르르 오다가도

조금 지나면 아예 없어지는 경우가 허다하니까.

*

문득 늦은 계절을 붙잡으러 서둘러 떠나는 것은

아직 삶에서 내가 얻고자 하는 것이

자본만이 아니라는 깨달음이 와 닿아서이고

나의 정서 한 곳을 채우고 있던 기억들의 옅어짐을 아쉬워하며

다시 그 명료성을 회복하기 위한 것이리라.

과거의 것과 현재의 것이 만나는 지점에서

그 차이 없음을 반가워하기 위하여

계절은 꼭 필요한 삶의 배경이다.

*

수풀 속에서 풀벌레들의 울음소리가 유난스러워지고

바람은 묵직해지며 하늘은 하루가 다르게 높아간다.

그 변화 속으로 들어가서 손을 저어보고 냄새를 맡아보고

옷 안으로 가득 그 잔영을 담아오는 것은

사물에 대한 이해를 세련되게 하고

삶의 대상들이 말하고자 하는 내용을

훨씬 명확하게 알아듣기 위해서이고

심상이 보다 풍요롭게 펼쳐지게 하기 위함이다.

*

울창한 수풀 속에서 큰 손을 성큼성큼 내밀어

제 여정의 흔적들을 재빨리 쥐어주고 떠나는 바람은

그 뒷모습을 황망히 바라보는 나무들에게는

이름 없는 나그네에 불과하다.

자기 속에서 고립된 시간들이

인간들 사이에서도 계속 반복되어 쌓여간다.

내가 나 자신의 나그네가 되지 않으려면

자기와의 호흡에 공을 들여야 한다.

*

모래 속에서 반짝이는 것이 모두 금가루는 아닐 것이지만

우리나라 어느 곳이든 금 광산이 많았기에 물가에 가면

발아래를 자세히 살피게 된다.

하루 종일 수고하더라도 일당에 차지 못할 경우라면

경제성은 없는 것이다.

단지 자연이 내게 말하고자 했었지만 그동안

하지 못했던 이야기들을 조잘조잘 들을 수는 있다.

*

계절은 피폐된 일상에서 인간적인 것을 뒷받침해주는

사랑이라는 큰 물줄기를 구성하는 온화한 흐름이다.

인간은 그 위에서 별을 헤는 변덕쟁이 뗏목에 불과하다.

*

바람이 불지 않아도

낙엽은 떨어진다.

마음이 흔들렸다고 느꼈어도

그건 계절의 탓이다.

*

바다가 없는 나라도 있고, 사막이 없는 나라도 있고,

눈이 없는 나라도 있고, 심지어 숲이 없는 나라도 있다.

모든 걸 다 가질 수는 없다.

그래도 가장 부러운 건 맑은 강을 가지고 있는 나라이다.

*

큰 홍수가 나서 집을 떠나야 할 때

불과 몇 개의 물건만을 챙길 수 있다고 가정해보자.

순간적으로 무엇을 손에 쥘 것인가.

그것만이 내 것이라고 생각하면 과도함을 줄일 수 있다.

*

아이를 키우다 보면 부모보다는 조부모의 사랑이

무조건적인 사랑에 더 가깝다는 생각을 하게 된다.

기대하는 바가 적기 때문이다.

*

많은 시행착오를 거쳐 개념을 정립했어도

막상 현실에 적용시키다 보면 안 맞는 경우가 생긴다.

대화하고 토론해서 검증절차를 거쳐야 하는데

이를 너무 쉽게 생각하는 경향이 있다.

옳더라도 계속 옳은 것은 몇 개 되지 않는다.

세상을
움직이는
보이지 않는
힘

모든 사랑은 각기 지난한 과정을 거치게 된다. 세상의 어떤 사랑일지라도 그 과정에서 생성되는 다양한 감정의 편린들이 서로 교류됨으로써 고통과 좌절과 희열 속에서 싹트고 발전하며 소멸된다. 사랑은 마음이 전달됨으로써 확인된다. 그러나 그 전달과정이 순탄한 것만은 아니다. 표현의 정도가 과하거나 어색하거나 수준에 못 미치게 되면 목표로 했던 지극한 마음의 전달은 허무하게 막을 내리고 전달자는 좌절에 빠진다. 시점도 중요하다. 전달자와 수령자가 빚어내는 호흡이 정점에 도달함으로써 사랑은 드디어 모습을 드러내는데 시점을 잘못 택하거나 현실과 맞지 않는 시기에 진행되면 전달은 되었더라도 효과가 반감되거나 감정이 누수되어 안타까운 일이 발생할 수 있다.

사랑의 완성으로 가는 통로에서 세심한 배려도 중요하지만 그것을 표현하고 확인하는 부분에서도 주의를 기울여야 한다. 즉흥적으로 튀어나온 우연한 고백이 좋은 결실을 맺는 것은 시점을 잘 선택했기 때문인데, 그곳에는 상황에 맞는 자연스러움이 존재하기에 표현의 틀이나 정도, 감정적 호흡이 잘 이루어진 것이다.

사랑은 표현을 통해서 이루어진다. 표현되지도 못하는 우리 주변의 수많은 감정들이 빛을 보지 못해 서서히 소진되어가는 것을 지켜볼 때면 마음이 아프다. 사랑에는 그것을 표현할 용기뿐만 아니라 현실적인 조건도 필요하기에 그 자격을 얻고자 고군분투하는 과정에서 하릴없이 나이 들어가는 현상도 드라마에서 종종 목격된다.

아무리 사랑하는 마음이 절절하다고 해도 표현되지 않은 사랑은 사랑의 과정에 진입한 것이라 할 수 없다. 사랑의 진입과정에 있는 연인들이 자기 마음이 확인될 때까지 모른 채 지나가게 되는 경우도 많고, 오히려 표현됨으로써 순간적으로 수많은 공동들이 메워지는 보다 명확한 감정으로 진화하기도 한다.

사랑은 말로써 표현되어지는 순간 사랑으로 정착되는 특성이 있어 가끔은 사랑에 못 미치는 감정들도 사랑의 옷을 입고 출현하게 되는데 그 결과는 아무도 장담할 수 없다. 아직은 사랑이 아닌데도 같이 만나서 살아가면서 사랑으로 정착되는 경우도 많기 때문이다.

사랑은 인간적 관계를 통해서 커져가고 깊어지기 때문에 이 관계 맺기에 성공했을 때에야 사랑으로 진입할 수 있게 된다. 경제적 육체적 측면의 사랑이 현실적으로 중요하기는 하나 사랑의 그 풍요로움과 심오함에 비한다면 어떤 특정한 조건에서는 극히 왜소한 것에 지나지 않을 수도 있다. 물론 현실에서 이러한 주장을 펼치는 것은 매우 비생산적이고 불합리한 측면이 있다. 배곯는 사랑은 사랑의 영역에 진입하지도 못하고 진입했더라도 오래 지속되지 못한다. 세상의 특정한 영역 속에 진입함으로써 그곳에서 목표도 찾고 꿈도 이룰 수 있을 텐데 지금은 세상에의 진입 자체가 힘든 상황이기에 남아 있는 기회의 불공정한 배분에 문제를 제기하게 된다. 노령인구의 경제활동과 소비파워가 청년층에게 미치는 영향은 점차 더 확대될 것이고 이런 현상에 익숙해져야 하는 시대를 살고 있다.

원본보다 더 원본 같은 복제물을 시뮬라크르simulacre라고 한다. 현실의 복제물인 이미지가 현실을 대체하면 묘사할 실재보다도 이미지가 더 실재 같은 초과실재가 생산된다고 장 보드리야르Jean Baudrillard는 보았다.

초현실주의 화가 르네 마그리트René Magritte의 〈이미지의 반역〉이라는 그림에서 '이것은 파이프가 아니다.'라는 표현은 파이프라는 단어는 파이프와 아무 연관성이 없다는 의미이지만 상징이 현실보다 더 극명한 현실로 자리 잡는 현상을 강조한다. 단순한 텍스트나 말로 환원될 수 없는 실재를 나타내는 데에는 이미지가 개입됨으로써 효과적인 의미 전달을 이루는데 사랑은 인류가 가장 공들인 경험들에 의해 축적되고 확장되고 다듬어져왔기에 의미 전달의 다양한 방법이 초과실재를 이루어온 적극적인 장이다. 그러므로 분명 사랑인 것은 맞는데 그 이미지들 때문에 정신없이 휘둘리다가 나중에 보면 그 실체가 명확하지 않거나 사랑이 아닌 경우가 경험될 수 있다.

엄밀히 말하면 사랑도 인간이 자기 개체를 보존하고 전진시키기 위해 획득하는 중요한 영역이기에 필요에 따라서는 사랑에 대한 환상이나 신념, 의지가 개입될 여지도 있다. 사랑은 호르몬의 발로로부터 비롯되지만 사랑의 경험이나 추억, 상상들이 그 감정을 더 견고하게 함으로써 확신에까지 이르게 된다. 물론 경험이 부족한 미숙한 감정이 사랑으로 자기 자신에게 오인되는 경우도 있는데 호르몬의 활동이 왕성한 시기에 흔히 나타난다.

인간은 평생 한 사람을 사랑해도 모자를 만큼 깊이 있게 사랑의 감정이 진화해왔지만 그 사랑의 여정과 완성은 쉽지 않기에 사랑 이외의 상황들에 의해서 흔들림을 경험하고 미움도 생성되고 서로를 적대시하기도 한다. 사랑을 매개로 이루어지는 두 사람의 성향의 충돌이 사랑으로 포용되지 못하는 비율이 과거보다 더 늘어나는 것은 사회의 다양한 요구에 맞춰 개개인의 진화가 복잡하고 정교하게 이루어지기 때문이다.

인생은 타고난 자기의 조건 성향을 변화시키는 과정이라고 할 수 있다. 자기 변화란 그만큼 어려운 것이다. 열려 있지 않으면 변화도 없다. 그래서 열림은 상대방에 대해 나를 여는 행위이기 이전에 나에 대해서 나를 여는 일이다. 인간의 깨달음은 자기반성의 깨달음이기보다 미움의 깨달음일 경우가 많다. 깨달음 자체는 행위이지 그 내용이 아니기에 내용물에 대해서는 실익을 따지지 않지만 태도와 마음가짐이 삶의 열쇠임을 강조하는 것이다. 어떤 이에게는 평범한 지식이 어떤 이에게는 깨달음으로 출현하기도 한다.

요즘 NFT라는 말이 많이 쓰인다. 대체불가토큰Non-Fungible Token의 약자로 일종의 디지털 진품증명서라고 할 수 있다. 수많은 복제품들과는 다른 유일한 원본이라는 인증을 거쳐서 판매 대상이 되는데 최소한 사진이나 영상 등의 원본이 존재해야 한다. 사랑하는 마음과 같은 무형물은 증명서 인증이 되지 않는다. 그것은 상대방의 사랑에 의해서만 인증될 수 있다. 내 마음을 받아달라고 한다면 만질 수 없는 마음을 어떤 경로로 확인하고 검증하여 건넬 수 있을까.

사랑은 관계를 통해서 이해로 다가간다. 그런데 관계 맺기가 쉽지 않은 것은 사랑 이전에 관계 맺기에서도 여러 선행조건들을 내세우는 풍조가 존재하고 자기를 나타낼 수 있는 기회도 적어지기에 시대의 눈높이에서 밀리다 보면 사랑은 점차 포기된다. 위험을 무릅쓰고 시작한 사랑도 어렵기는 마찬가지다. 개인에게 요구하는 기준들이 과도하게 착상되는 흐름을 막아내지 못하는 한 사랑의 성공가능성은 수치적으로 줄어들 것이고 출생률은 낮아져갈 것이며 사랑 없는 결혼의 비율은 늘어날 것이다. 인공지능의 확산과 더불어 인간사회에서도 사랑의 결핍과 감정의 왜소화가 자리 잡게 된다.

세상을 움직이는 보이지 않는 힘을 사람들은 욕망이라고 생각해왔다. 그러면서 한편으로는 그것이 사랑이어야 한다고 강조해온 것도 사실이지만 실제로는 미래에 대한 두려움이 그 자리를 차지하고 있다. 미래를 예측하고 준비하고 대응하는 과정에서 나타나는 협력과 충돌이 현재를 이루기에 인간은 미래를 앞당겨 살게 된다. 우리는 점차 흉내에 익숙해져 가고 시뮬라크르의 시대는 급속히 도래한다. 나는 나 자신의 복제물이기 때문에 다른 복제물들과 가상세계에서 투쟁하고 사랑해야 한다.

그럼에도 불구하고 우리는 사랑에 다가가기 위해서 관계 맺기를 계속 시도하고 상처받을지언정 새로운 인연들을 찾아 나서게 된다. 불편한 인연들과는 과감히 결별해야 한다. 사랑할 시간이 많이 남아 있지 않기에 불편함과의 시간낭비를 줄여서 자기 인생의 행복을 확보하고 불행가능성을 최소화시켜 나가야 한다. 존재의 의미는 자기 자신에 대한 자각으로부터 시작되고 최소한의 타인을 받아들임으로써 나를 설득하는 시간을 갖는다. 내게 주어진 시간을 알차게 사용하는 방법들 중의 하나는 나와 교감을 이룰 수 있는 사람을 만나 자기를 더 좋게 만듦으로써 존재 이유를 확인하는 것이다.

새장 문은
항상
열려 있다

*

귤의 과육에 붙어 있는 흰 섬유질을 알베도albedo라고 한다.

귤을 먹을 때 이것과 같이 먹게 되고

거기에도 일정한 영양 성분이 있다.

세상을 살아가며 내가 원하지 않는 부분도 딸려오게 되는데

이 또한 나에게 무조건 해로운 것이 아니다.

*

순수한 물은 전기가 통하지 않는다.

물속에 녹아있는 칼슘이나 칼륨, 마그네슘, 나트륨 등의

미네랄의 이온들이 전하를 운반하는 역할을 하기에

자연의 물은 전기가 통하는 것이다.

마찬가지로 훌륭한 영혼이 따로 있는 것이 아니다.

인간이 보여주는 숭고한 행위 속에 그것이 확인되는 것이다.

*

행복은 가까이에 있는 것도 있고

멀리 있는 것도 있다.

가까이에 있는 행복을 찾기 위해서는

우선 멀리 있는 행복이 큰 것이 아님을

확인하는 과정을 거치게 된다.

*

사랑은 사랑하는 사람의 방식을 챙길 수 있어야

이루어진다.

사랑을 앞에 놓고도

그 문을 열지 못하는 사람의 대부분은

그 문고리를 찾지 못해서이다.

*

새장 문은 항상 열려 있다.

누가 나에게 날아가라고 종용하지도 않는다.

외롭거나 지쳤거나, 누군가가 그립거나

어쨌든

문을 나서는 공포를 떨쳐내야 한다.

*

누군가를 받아들이기 위해서는

넉넉한 처마가 있어야 한다.

은연중의 무시와 비교, 말꼬리 잡기, 이기려는 태도 등

아무것도 아닌 것 같지만 주변의

사람들을 떠나가게 하는 습관들이다.

*

물질에 너무 천착하다 보면

멈춰야 할 곳에서 멈추지 못하는 우를 범할 수 있다.

이럴 때는 나의 욕심을 부드럽게 흐르도록 해야 한다.

삶에서 진짜 중요한 것은 몇 개 되지 않는다.

*

험한 바위를 넘어서야 평지가 나오게 된다.

그러나 어떤 경우에는 그 바위를 오르기보다

우회하는 것이 나을 수도 있다.

그 큰 바위가 과도한 욕심이라면 더욱 그러하다.

*

단어 선택에 신중을 기해야 한다.

적당한 단어가 생각나지 않을 때에는 얼버무린다.

내가 부족한 것이 상대에게 상처 주는 것보다 낫다.

*

존경은 쉬이 증오로 바뀔 수 있다.

인간에 대해 너무 자만해선 안 된다.

끝까지 줄 수 있는 것은 연민뿐이다.

*

부모의 사소한 습관들이 아이들에게 전이된다.

질투, 허세, 변명, 거짓말 등등

이런 습관들은 자녀들이 자기 시대를 살아가는 데

결격사유로 작용하여 사회적응에 뒤처지게 만든다.

열정을 쏟아야 할 시점에 걸림돌이 되고

감정 배분에 실패함으로써 인생에 흠을 가져온다.

*

인류가 먹는 음식의 종류는 예전부터 존재했던 것이고

바뀐 것은 요리법뿐이다.

사람 사는 일도 예전 그대로지만 직업의 종류만이 바뀌었다.

세계의 진행에 일조할 수 있는

따뜻한 생산자가 되는 것이 중요하다.

*

있는 힘껏 살아야 하고, 내가 원하는 길을 찾아야 한다.

열심히 했는데도 안 되는 경우와

내가 원하는 길이 험난한 경우라도

자기를 다독이며 계속 전진해야 한다.

*

모든 생각들을 하나로 꿸 수는 없다.

영리한 사람일수록 생각의 단편들을 이어 붙여서

남을 해하는 도구로 사용한다.

억지로 꿴 생각들이 세계를 어지럽힌다.

*

인생의 흐름을 바꾸기 위해서는

순리를 거슬러야 할 때도 있다.

몇 번인가는 큰 선택에 직면해야 하는데

중요한 것은 나 자신에게 당당해지는 것이다.

*

사람을 잘못 믿음으로써 슬픔이 생겨난다.

믿음이 범죄의 도구로도 쓰인다.

신뢰는 친절보다는 그가 사용하는 언어의 진실성에 있다.

*

전쟁 상황에서는 무엇이든지 챙겨먹어야 한다.

언제 먹을 기회가 또 생길지 알 수 없기 때문이다.

마음은 언제나 전쟁 중이다.

자기를 추동하기 위해 계속 책을 읽어야 한다.

*

시도하지 않으면 이룰 수 있는 것이 한정되어 있다.

제일 중요한 시점은 언제나 지금이다.

*

부족한 것도 세상의 한 조각이고

가득 찬 것 또한 세상의 일부이다.

어느 것이 더 유용한 것인지는

오늘은 보이지 않는다.

마음을
여는
속도

사람은 서로 마음을 여는 속도가 달라서 언제 마음을 여는 것이 좋을까 고민하기도 하며, 자기 규칙을 바꿀 만한 반응을 기다리기도 한다. 한 사람이 다른 한 사람의 열림을 기다릴 만한 인내력이 있다면 그것은 이미 사랑이다. 우리는 마음을 여는데 인색할 뿐만 아니라 그 속도도 너무 느리다. 이제 마음을 열겠다고 다짐하고 뒤돌아서면 기회는 이미 저 멀리 달아나버린 뒤다.

언제가 적절한 시점인가에 대한 확신이 들기를 기대하지만 그러기에는 주어진 시간이 짧다. 마음의 움직임보다 조금 일찍 나를 열 수 있다면 좋을 텐데 말이다. 사랑뿐만 아니라 삶의 기회들도 훨씬 많아질 테고 후회하는 일도 적어질 것이다. 사랑에 대하여, 자기 희망의 추동에 대하여, 일의 추진에 대하여, 사과에 대하여, 감사함의 표현에 대하여, 정체되어 있는 인간관계에 대하여 내가 나 자신보다 조금 빠르게 움직이는 것은 용기이고, 그 용기는 긍정적이고 적극적인 태도에 달려 있다.

마음을 여는 것이 실수라고 인식했던 삶의 경험들이 마음을 터트리지 말라고 한편에서 조언하고 있다. 실수도 어느 면에서는 용기로부터 비롯되기에 용기가 더 이상 효용이 없다고 우리는 지레 착각한다. 그러나 인간은 최소한 몇 번은 정확한 지점에서 제대로 실수를 해야 한다. 열려진

채로 버티면 아플 거라는 기우는 곧 현실에 적응된다. 왜 귀찮게 마음을 열어야 하느냐고 반문할 수도 있다. 삶은 끝없이 자기 자신에게 마음을 여는 행위들의 연속이고 최소한의 타인이 필요하다면 그에게도 같은 조건을 제시해야 한다. 우리는 사랑이 두려운 것이 아니라 서로에게 맞추는 과정에서 나타나는 시리고 쓰라린 감정들이 두려운 것이다. 그렇지만 사랑을 하게 되면 그것을 이겨낼 수 있는 에너지도 생성된다. 인간은 결국 자기 자신을 사랑하게 되어 있다.

세상에 완벽하게 준비된 기회란 존재하지 않는다. 불완전한 상황을 좀 더 완벽하게 만들기 위한 적극적인 노력이 필요할 뿐이지 불완전하다고, 다음에 더 완벽한 순간이 있을 거라고 돌아서는 순간 가장 좋은 기회를 날려버린다. 나를 갱신할 기회가 일이 성공한 이후에나 이루어진다면 그 성공은 무엇으로 이루겠는가.

실패의 경험은 우리를 망설이게 한다. 다시 실패할까 봐 두려운 나머지 미리 움직여 그 시점을 맞추지 못하거나 적정 시점인데도 주저함이 나타나기도 한다. 실패로부터 배우는 교훈이 교훈만을 남기는 경우도 생기지만 그럼에도 불구하고 우리는 앞으로 뚝심 있게 나아가야 한다. 살다 보면 나 자신에 대해서도 더 깊이 알게 되고 대응 방안들에 대해서도 감이 온다.

긍정적인 태도를 견지하고 있고 자신감이 준비되어 있는 상황일지라도 정확한 선택에 있어서 문제가 없는 것은 아니다. 유일한 기회의 순간에 방해가 존재하고 불편한 상황이 만들어지기도 한다. 일을 추진할 때 그런 방해가 존재한다는 것을 늘 감안해야 한다. 오히려 방해가 존재하면 그것이 일의 실마리라는 것을 직감해야 한다. 그 기회의 순간에 신뢰하지 못할 상황이 동반된다. 미숙함이나 불친절함 등이 존재하기에 포기하고 마는데 그것이 시험이다. 결과는 장담할 수 없기에 인생은 최종적으로 나의 인간으로 승부해야 한다. 미래를 살짝 엿보는 능력은 내 삶의 통계를 통해서이다.

게다가 나의 내부에서 스스로를 구속하는 완벽에 대한 충동이 돌연 일어남으로써 순간의 고뇌에 빠지기도 한다. 인간의 다양한 단점 중에서 망설임만큼 가증스러운 것은 없다. 핑곗거리를 찾는 순간 기회는 포기된다. 뒤돌아서 아차 싶어도 나는 완벽한 기회를 핑계로 망설였기 때문에 중요한 삶의 티핑 포인트를 잃은 것이다.

어릴 적에 마을 한가운데 있던 논둑 수풀에 찔레나무가 있었는데 여름이면 뜸부기 한 마리가 와서 살았다. 가까이 다가가면 계속 울어대고는 날개를 허우적거려 곧 잡을 수 있으리라고 생각했다. 그런데 잡힐 듯하다가도 발 앞에서 날아가곤 해서 애를 먹었다. 그러다가 새끼를 보호하기 위한 가짜 행동인 것을 알아차렸다. 그 마음이 가상해서 나는 그 수풀을 헤집지 않았다. 답이 요리조리 움직이는데 실제의 답은 제3의 곳에 있었다. 나는 이것을 그 당시 '뜀부기 이론'이라고 명명했다. 우리 마음은 최소한의 방향이 나의 중심을 잡고 있다. 내가 원하는 것은 일시적으로 즐거움을 안겨줄 뜀부기의 병아리가 아니라 내 마음이 가리키고 있는 중요한 대상이다. 확인하고 선택해서 함께 움직여야 한다.

아무런 선택도 하지 않는다면 세상에 나의 의도가 개입될 수 없다. 고도의 확고하고 정밀한 사물의 움직임이 내가 원하는 방향으로 미리 처리된다는 것은 내정된 우연 앞에 내가 미리 가닿아 있다는 것을 말한다. 그러나 그런 우연은 내게 아무것도 설명해주지 못한다. 존재 자체가 삶은 아니다. 삶이란 내가 의욕이 있어야 이루어지는 것이므로 존재의 상태가 삶의 척도는 아니라는 얘기다. 무엇인가 원한다는 것은 현재가 미래에게 전하는 이야기이며 미래가 과거에게 하는 말은 반성일 뿐이니까.

어떤 이에게는 삶의 특별한 과정에서 생성된 불편함을 이유로 평생 나 자신에게 질문하거나 회상하지 않기도 한다. 삶은 속절없이 지나가고 나는 내가 무엇을 원했는지도 모른 채 죽음을 맞이해야 한다. 질문이 없으므로 당연히 답변도 없다. 욕구가 없으면 만족도 없듯 엉뚱한 타인의 불안이나 인식을 내 것인 양 치장한 채로 자기 시대를 뜨뜻미지근하게 흘려보내야 한다. 당연하지 않은 것을 당연한 것이라고 대충 얼버무리면 삶은 표류한다. 질문은 구체적이어야 하며 답변은 진솔하고 주체적이어야 한다. 그렇지 않으면 확인은 의미가 없다. 기껏 다가가서 서둘러 만져 보고 떠나면서 아니라고 우기면 그만이니까. 배우고 익히고 다듬어서 나를 단련시키는 노력을 계속하는 것은 어떤 대단한 목표가 있어서가 아니라 그것이 삶이기 때문이다. 나도 모르게 내 역할을 꾸준히 자신에게 주문하는 것은 살아 있는 사람의 양태이며 그렇게 모든 인류는 자기를 버텨왔다.

확인에도 용기가 필요하다. 나 자신의 개인에 관한 것이든 선택이나 성공에 관한 것이든 뚜껑이 덮인 상자를 옆으로 밀어놓는다고 내 선택의 시험이 사라지는 건 아니다. 삶의 과감성은 어떤 시점에서는 선이다. 무지하고 용감한 사람이 현명하고 주의력 깊은 사람보다 성공 확률이 더 높은 이유도 여기에 있다. 물론 누구나 모든 면에서 일률적으로 용감해지기는 어렵다. 그 또한 개인의 선택과 취향에 따라 우선순위가 존재하고 본인은 그런 성향을 안다.

원래 존재하지 않았는데도 내가 확인했기 때문에 존재하게 된 것들도 있다. 양심일 수도, 사랑일 수도, 미련일 수도, 삶의 공포일 수도 있다. 확인을 함으로써 존재하지 않았던 것이 부각되어 뛰쳐나오면 그 선택에 책임을 져야 한다.

만약 그것이 사랑이라면 설렘이나 작은 충격이 될 것이고 내가 처한 진실에 대해 숙고하는 시간을 갖게 될 것이다. 나의 깊은 곳에 숨겨져 있던 자기와 도란도란 얘기를 나누는 시간을 통해 헝클어진 삶의 부분들에 대해 아귀도 맞춰볼 것이다. 수긍을 할 수 있다면 나는 좀 더 나다워지고 성숙해질 것이다.

사랑에의 진입 속도는 모두 다르고 같은 사람이라고 해도 상황과 그날의 심상에 따라 과정이 어떻게 전개될지 아무도 모른다. 마음이 가는 경우 상대방의 속도에 맞게 나를 조절해야 한다는 것을 느끼게 된다. 그것은 그 사랑이 얼마나 오래 지속될 수 있을지를 말해준다. 사랑이 아닌 것을 사랑인 양 전전긍긍하게 되는 일도 있고 이미 사랑인데도 눈치 채지 못하고 있다가 우물쭈물 지나가게 되는 경우도 생긴다. 사랑은 사랑이 아닌 것들로 인해 시시각각 침해받고 사랑의 확인까지는 다가갔어도 아주 사소한 요인에 의해 중단되기도 한다.

사랑이라는 확신이 들었음에도 현실의 벽 때문에 자기의 용기 없음을 후회하고 평생 마음 아파하며 생의 무례를 한탄할 수도 있다. 나의 자격 없음을 탓하며 뒤돌아선 순간들이 얼마나 많았는지를 생각할 때 다시 한 번 기회가 주어진다면 그것을 놓치지 않겠다고, 그 자격 없음조차 있는 그대로 설명할 수 있는 시간을 갖기를 소원할 것이다. 당신을 오랫동안 사랑했고 그리워했다고, 이루어질 수 없다고 해도 이 말만은 꼭 전해주고 싶었다고, 당신이 내 인생의 과제였다고 말이다. 나 자신에게 떳떳하기 위해 늦었지만 이렇게 찾아왔다고 말을 건넬 것이다.

진작 마음을 열었어도 그것을 표현하지 못한 어리석음에 대한 자책은 오래 간다. 마음의 표현은 늦었더라도 그 진심이 전해질 수 있다면 속도는 부차적인 요소다. 아직 표현하지 못한 사랑이 있다면 늦은 시험에 당당하게 임해야 하리라.

지혜

*

오랫동안 생각만 하고 있다가

막상 움직이려면 그 생각의 타성 때문에

제대로 현실에 반응하기 힘든 단점이 생겨난다.

이를 극복하는 방법은 계속 움직이면서 생각하는 것이다

*

내 마음대로 상황이 이루어지기를 원하면서

하는 행위에는 선택하기와 선택하지 않기

두 가지가 존재한다.

인생은 크고 작은 모험들이 좀 더 높은 확률을 갖도록

나를 단련시켜나가는 과정이다.

*

얻는 것보다 잃는 것이 많다고 생각되면 재고하게 된다.

욕심이라는 것도 자연스런 행위이기에 내게 감지되지 않는 경우도 많

다.

뒤로 한 발 물러나보면 알 수 있다.

*

현명하고 훌륭한 사람도 강박을 보듬기 위한 지혜는

동일한 방식으로 이루어진다.

조금 뒤처지는 걸 받아들이고, 다시 천천히 걷는 것이다.

*

지혜가 늘 뒤에서 따라온다는 걸 감안하면

뒤에서 느리게 오는 사람을 비웃지 않을 수 있다.

*

천천히 걸었기에 지금까지 올 수 있었다는 분들의

이야기에 귀를 기울이면 기본만 잘하자는 생각이 든다.

*

지금이 인생의 가장 좋은 시절이라고 생각하면

조급함을 누그러뜨릴 수 있다.

지금까지 살아온 것만도 기적이다.

때로는 지혜조차 욕심이다.

*

마음이 원하는 것을 이루기 위해서 노력하는 면에서

용기와 인내의 양태는 같다.

*

지금 아프니까 도움이 필요하다고 쉽게

얘기할 수 없는 사회적 분위기가 만연해 있는 데에는

개개인이 감당해야 할 삶의 무게가

과거보다 훨씬 커졌기 때문이다.

*

돌을 던지려면 맞은 사람의 아픔도 생각해봐야 한다.

그 이후에 돌을 던져도 늦지 않다.

*

중첩이 공간상으로 떨어진 둘 이상의 계에 일어나서 한 입자의 물리적

상태가 다른 입자에 영향을 주는 것을 얽힘이라고 한다. 확인하는 순간

그 내용이나 속성이 바뀌는 상태 말이다. 우리는 가끔 현실 속에서 이런

양자역학적 경험들을 한다. 이때 중요한 것은 확인을 미루지 않고 담담하게 받아들이는 것이다.

*

사랑의 실패는 내 심상에만 천착하느라
내가 여기 있다는 누군가의 외침을 듣지 못해서이다.

*

고통을 겸허히 받아들이되
자기 인생에는 끝까지 항거하라.
이것이 내가 축약한 세계였다.

*

나 자신에게 이 상황을 버티게 해달라고 기도할 때가 있다.
그럴 때 나는 그 기도를 어떻게 들어 줄까.
조금 부족해도 자신 있게 나아가라고 충고할 뿐이다.

*

자기를 인정해주는 누군가가 있다는 것은

한 사람이 세상을 살아가는 데 있어서

아주 큰 동기부여와 힘이 된다.

*

원치 않는 것에 집중하는 것은 시간 낭비이다.

원하는 것에만 집중해도 모자란 시간이다.

*

상처 받으면서까지 이기려고 애쓰지 않는다.

때로는 져도 괜찮다.

*

기회가 왔을 때 그것을 잡는 기술은 무엇일까.

자기의 역할을 변화시키는 것이다.

성공의 역할연기가 중요하다.

*

마음을 여는 속도

목이 긴 편이라서 와이셔츠를 사게 되면 옷깃이 높은 것을 골라야 한다. 예전에 아침마다 마주치게 되는 예쁜 여인이 있었다. 키도 크고 긴 목을 가지고 있어서 눈에 잘 띄었는데 그 미소와 목선이 아름다워서 시폰 스카프 한 장을 선물해서 그 목에 둘러주고 싶었다. 그런데 그 선물할 수 있는 자격도 아무에게나 주어지지 않는다. 삶은 자기 책임 내에서만 이루어진다.

*

예정된 삶의 시간들이 따로 있는 것은 아니라서
미래의 시간을 끌어다가 쓴다고 해도
시간은 나를 통해서만 방향을 잡는다.

*

존재는 고통의 산물이다.
생명이 존재하지 않았다면 고통도 존재하지 않을 것이다.
그러나 그 고통 속에서 존재는 행복을 느낀다.

*

내가 부족하거나 어리석어서 생긴 일이라도

어느 정도까지는 나의 잘못이 아니다.

타인의 책임을 대신 진 일과 자유의지에 의하지 않은 일과

개념이 무르익지 않은 시절의 부족함은 사회의 몫이기도 하다.

*

누군가의 외모를 정확하게 보고 싶어

그 사람이 나이 들었을 때의 모습을 상상해보면

내가 기대한 것보다 더 깊은 인간을 느낄 수 있다.

*

누군가는 행복이 순리에서 나온다고 하고

누구는 공헌감에서, 누구는 능력에서 나온다고 한다.

내가 생각하는 행복은 평온함에서 나온다.

자유의
용기

다양성의 시대에서 행복해지려면 우선 상대방의 말과 행동에 내가 어떤 특정한 반응을 보여야 한다는 강박을 버릴 필요가 있다. 나이와 직업, 삶의 방향들은 천차만별이고 지역적 습속이나 과거의 관습대로 질문하고 다가오는 사람들도 많다. 정해진 대답을 원하는 상황을 서로가 충돌 없이 비껴가려면 상대방의 의중에 나 자신이 부담 갖지 않는다는 인상을 줄 필요가 있다. 서로의 인생이 다르다는 걸 간과하는 사람들이 주장하는 습속들은 대부분 유교적인 뿌리를 갖고 있는 것들이고 허세를 낙으로 여기는 이들도 많다. 특히 혈연으로 구성된 이들과의 관계에서 스트레스를 받지 않으려면 도망치는 수밖에 없다는 생각을 하게 되지만 정답은 아니다. 도망쳐서 자유를 얻을 수 있는 방법은 없기 때문에 함께 공존하면서 살아가려면 어느 정도 미움 받을 각오를 해야 한다.

자유에는 언제나 대가가 따른다. 적당한 감정적 단절은 피할 수 없는 과정이다. 두 마리 토끼를 모두 잡겠다고 기를 쓰면 상황은 갈수록 더 악화하게 된다. 병 속에 든 사탕을 움켜쥔 채로 손을 빼낼 수는 없다. 내가 미움받는 것은 괜찮지만 상대방이 상처를 받을까 봐 끌려 다니면서 무익한 이야기에 장단 맞추다 보면 오히려 내 상처만 깊어진다.

관계의 돈독함이 언제나 미덕은 아니다. 인간은 혼자 태어나서 혼자 죽게 되고 누구도 내 삶의 완성에 나 이상으로 적절하게 시간의 그림을 예행하여 주지 않는다. 빛바랜 위로로 활력이 되살아나지도 않는다.

사이먼 시넥Simon Sinek은 뇌는 부정어를 인식하지 못하므로 장애물을 앞에 둔 스키선수가 나무를 피해야 한다는 강박보다는 길을 따라가라는 주문을 생각해야 한다고 강조한다. 생의 불편함으로부터 달아나야 한다는 생각은 나를 더 주눅 들게 할 것이고, 오히려 내 삶을 이끌 긍정어를 향해 나아감으로써 스스로 활력을 만들어낸다. 인생의 길에는 누군가 먼저 뿌려놓은 흰 조약돌도 있지만 그렇지 않은 경우도 많다. 어두운 계곡의 길에서 지침 삼을 수 있는 빛의 감각을 체득하는 것과 실핏줄 같은 길에서 출구를 찾아나갈 수 있는 본능도 중요하다. 어쩔 수 없는 상황 때문에 포기하게 된 선택도 있겠으나 어느 누구 때문에 내 선택을 양보했다면 그건 사람이 좋은 것이 아니라 부족한 것이다.

'좌표가 움직이고 룰이 바뀌며 결승점이 이동하는 무한게임'(『인피니트 게임』, 사이먼 시넥)에서 길을 잃지 않고 목표를 이루며 앞으로 나아가려면 삶의 짐을 조금씩 덜어내면서 걸어가야 한다. 복잡한 네트워크도 적당히 다듬는 것이 필요하다. 내가 만든 것도 있지만 전 세대로부터 이어져 내려온 상속 네트워크도 많고 경조사 용도의 라인도 얽혀 있다. 욕을 먹는 것을 두려워하면 넓은 길로 나아가기도 전에 지치고 만다. 물론 비도덕적이 되라는 말이 아니다. '쟤는 원래 좀 그래.'라는 이미지만 심어주는 정도라면 성공이다. 거기에서 절약된 시간을 가지고 자신을 위해 알차게 사용하면 된다.

　말하자면 자유 선언 같은 것인데 가족모임을 나가보면 소위 잘난 사람들은 그런 모임에 거의 나오지 않는다. 참석했다가도 얼굴만 슬쩍 비추고는 바쁘다는 핑계로 일찍 자리를 뜬다. 그 자리를 주최한 부모세대의 낯이 있으니 마지못해 얼굴을 비출 뿐이다. 일정 시기가 되면 아주 특별한 경우를 제외하고는 미움받을 각오를 해야 한다. 그렇지 않으면 평생 끌려다니면서 정서에 전혀 맞지 않은 상황을 감내하며 고문 아닌 고문을 받아야 된다. 자기 시대를 살기에도 모자란 시간을 무익한 스트레스에 계속 노출시키다 보면 절망감만 커진다.

　삶을 살아가는 데 있어서 시점도 매우 중요하다. 제때 해야 할 일들을 제때 맞춰서 해야 에너지도 적절히 충전되고 시대와의 보폭을 맞출 수 있다. 에너지를 계속 소비하는 현실이 충전 요소로 작동하기 위해서는 삶의 진행이 적정 속도를 유지해야 한다. 그것이 늦춰지다보면 인생이 뒤로 밀리게 되고 활력은 되찾기 어려워진다.

　인생에는 분명 자기를 걸어야 할 때가 있다. 나는 아직 그런 적이 없었다고 얘기하는 사람일지라도 자기 정서상의 자연스런 선택이었을 뿐이지 그는 자기 인생을 걸었던 경험을 했을 것이다. 그것이 삶의 매듭이면서 사다리이고 전환점이다.

사업종목 선정이나 계약, 직업의 변경과 이사나 이민도 이에 해당된다. 학교를 졸업하고 처음 직장을 갖게 되는 학생들도 마찬가지이다. 학과 선택에 대해서 오랫동안 생각해왔을 터이지만 막상 그 시기가 되면 인생의 진로에 대한 불안과 설렘이 동시에 찾아온다. 결국은 하나를 선택하고 그 길을 따라 앞으로 나아가게 된다.

거기에는 당연히 사랑과 결혼도 포함된다. 배우자의 선택은 인생에서 가장 큰 용기와 지혜가 필요한 부분이다. 돈과 외모, 학력과 사회적 배경 등을 보게 되지만 보다 중요한 것은 나와 충분히 교감을 이룰 수 있는 상대인가이다. 노력한다고 해도 서로 맞출 수 없는 부분들도 나타나기에 그 사람이 가지고 있는 정서가 가장 중요한 잣대이다. 연애시기에는 나타나지 않았던 문제들이 결혼 몇 개월이 지나면 현실적인 문제로 대두된다. 부부싸움을 하게 되는 것은 서로 좋은 모습만을 보이려는 조심스런 노력이 줄어들면서 점차 본래의 모습이 나타나기 때문이다. 많은 부부들이 아주 작은 사소한 문제들로부터 시작해서 삶의 목표와 미래의 꿈에 이르기까지 조화를 이룰 수 없는 상태라는 판단을 거쳐 결혼을 무효로 돌리기도 한다.

사랑에 있어서도 삶의 가능성이 좌절이나 고통으로 바뀌는 일이 생긴다. 젊음의 시간이 충분히 보장된다면 사랑과 결혼도 능숙함과 면밀함이 유지될 것이다. 그러나 우리에게 주어진 시간은 그리 넉넉하지 않아서 항상 선택의 시간에 쫓기게 된다. 현실의 짐을 미래로 떠넘긴 결과는 얼마 지나지 않아 확인된다.

최고의 친구를 칭하는 사자성어들은 많다. 관포지교管鮑之交, 지란지교芝蘭之交, 죽마고우竹馬故友, 문경지교刎頸之交, 총죽지교蔥竹之交, 수어지교水魚之交, 막역지우莫逆之友, 단금지교斷金之交, 금란지계金蘭之契, 간담상조肝膽相照, 환난지교患亂之交, 복심지우腹心之友 등등이 있다. 그러나 부부 사이는 친구 이상의 그 무엇이 있어야 한다. 하룻밤 사이에 성을 쌓더라도 그 성이 부서지지 않고 평생을 갈 수 있는 사랑 말이다.

인생의 크고 작은 선택들이 결론적으로 나 자신을 걸었던 경험들이었다. 순간의 두려움을 이겨내고 용기를 냈기에 지금 이 자리에 와 있는 것이고, 용기를 내지 못했던 이유들로 인해 더 진일보한 상태에 못 미치게 된 것이다. 용기는 용기 있게 행동하자는 다짐만으로 생성되지 않는다. 그 용기를 내야 할 시점이 지금인지에도 자신이 없다. 아무런 토대도 존재하지 않는 허공에서 자기를 걸어야 할 때가 있는데 그 과정을 무사히 넘긴 뒤에야 그것이 용기였다는 게 판별될 뿐이다.

용기를 내어 생각하는 대로 살지 않으면 머지않아 사는 대로 생각하게 될 것이라고 폴 발레리Paul Valéry는 말한다. '바람이 분다, … 살아야겠다.'고 『해변의 묘지』에서 노래한 그 프랑스 시인이다. 평생 불던 바람의 양태로 보았을 때 하루라도 살아야겠다고 외치지 않은 날이 없는 인생들이다. 운명이 나를 미워하는가 싶지만 그 운명 또한 나와 더불어 나이 들어갈 것이기에 문제를 겨우 해결하고 나면 또 다른 문제에 봉착하게 되는 현상들도 잦아들 것이다. 살아야겠다고 다짐하는 한 새로운 문제들은 나타나게 마련이고 그것을 해결하는 과정에서의 삶의 태도들이 나를 형성하는 줄기가 된다. 인생에서 제때 시점을 맞추며 살아가기 위해서는 물밑에서의 쉼 없는 자맥질도 필요하다.

인생의 중요한 길목에서 삶이 내게 요구하는 바를 행할 때 용기를 내려면 나 자신에게 부여하고 있는 격률을 단순화할 필요가 있다. 무한경쟁무대에서의 고달픈 시간들을 이겨내며 앞으로 나아가기 위해서는 자유가 곧 정언명령이어야 하는 까닭이다. 한편으로 자유는 싸워서 쟁취하

는 것일 수도 있지만 그 자체가 하나의 수단이 되기도 한다. 자유롭고 싶

으면 용기 있게 나서라. 그리고 그 용기를 자유롭게 행하라.

사람

*

인간은 어떤 조건이나 지식을 얻게 되더라도

자기의 깊은 마음속에 준비되어 있는

계획을 향해 움직인다.

중도에서 만나게 되는 각종 불협화음을

감내하며 나아가는데

때때로 세상을 바라보는 무의식적 습관에 대한

따끔한 자극도 필요하다.

*

모든 성공의 매개물은 사람이다.

행복한 사람들과 더불어 행복해지는 것이 목표이다.

그런데 인생을 살아가려면 시련이라는 강물을 건너야 한다.

그 시련 속에서 만나는 사람이

나의 스승이 된다.

*

한 사람이 일생을 살아가면서 느끼는

고뇌와 해결책에 대한 예단은

다른 모든 이들의 그것들과 거의 비슷한 방식을 취한다.

그래서 한 사람만 제대로 알아도

세상 사람들을 거지반 알 수 있다.

*

고집이라는 것은 다른 길이 있다는 것을

모르기 때문에 외길로 흐르는 것이므로

간접 체험의 경험이 많을수록

삶은 부드러워진다.

*

이 세상에서 가장 중요한 것은 나의 행복이다.

이 말을 하게 되면 집에서는

큰 사고를 친 사람이나 가출 선언으로 받아들인다.

그럴수록 가족들과의 대화에 공을 들여야 한다.

*

인생은 인간이 원하는 모든 것을 충족시킬 수 있는
기회의 장이며 행복의 무대여야 한다.
인간이라면 느낄 수 있는 모든 정서들을 향유하고
문화를 경험하고 토론하며 행복과 자유의 열정으로
가득 채워진 풍성한 토대여야 한다.
삶이 왜소하더라도 나의 길을 찾아야 한다.

*

움직일수록 꼬이는 느낌은 힘든 경험이 독이 되어
내 길이 방향을 잃은 것이다.
움직일수록 풀리는 부분을 찾아야 한다.
그 꼬인 부분과 대면해야 하고
그곳에서 답을 얻어내야 한다.

*

인간의 외로움은 본래적이다.
개별 인간의 실존적 고독과 더불어
어머니의 몸으로부터 분리됨으로써 간직되는

시원의 고독이 존재한다.

사회 관습에 의해서 양산된 피할 수 있는 고독에

노출되어 있는 부류가 아직 너무 많다.

*

세상의 마지막 날이 되었을 때

소주 한 잔 하고 싶은 사람을 꼽는다면

아버지일 것이다.

*

선하고 책임감 있는 사람들의 선택이

사회의 저변에서 각자의 역할을 수행하고 있음을

인정하는 것은 중요한 일이다.

우리 모두의 인생은 하나의 사례일 뿐이다.

아직껏 존재하지 않았었고 앞으로도 같은 인생은 없을

유일무이한 삶을 살아가고 있는 개개인들이

자기다움을 완성시켜 나갈 수 있도록 응원하는 역할은

사회구성원 모두에게 주어진다.

*

죽음에서조차 소외된 상태로

외롭게 눈을 감게 되는 사례가 많은 것은

이 사회에 새로운 변화가

절실히 필요한 시기가 되었음을 말해준다.

평생 고되게 일만하다가 밥도 제대로 챙겨먹지 못하고

혼자서 쓸쓸하게 죽는다는 것은

자신에 대한 예의가 아니다.

자기 삶의 끈을 끝까지 놓지 말아야 한다.

*

내가 나를 포기하는 순간

세상으로부터 포기되는 것이기에

이를 악물고 앞으로 나서야 한다.

*

악착같이 살고자 하는 자가

이루고자 꿈꾸는 자를 능가한다.

유방劉邦이 항우項羽를 극복하고 황제가 된 것은

살아남기 위해서였다.

*

과거의 희망과 현재의 욕망이 서로 충돌하기도 한다.

현재는 만족하지만 과거의 희망 때문에

괴로워하다가 엉뚱한 선택을 해서

잘 지은 밥에 재를 뿌리기도 한다.

지금 내가 원하는 것만이 진짜 나다.

*

못된 짓을 골라 하면서도 그것을

비즈니스라고 생각하는 사람들이 있다.

이 단순한 말로 삶의 행위들이 정당화될 수는 없다.

인생의 모든 일이 슬픔에 잠기기 전에

자기를 제대로 살펴야 한다.

*

생리적 효과를 위한 비타민과 뇌 건강을 위한

오메가3, 면역력 향상을 위한 홍삼도

꾸준히 복용해야 하지만 무엇보다

중요한 것은 규칙적인 운동이다.

*

인간이 인간을 믿는 방식은 누구나 별반 다르지 않다.

같이 있으면 연약한 부분들을 채워주는

그 무엇이 나를 언뜻 자극할 수 있다.

영리해진다는 것도 자기 안위 때문인데

결국 같이 있는 사람을 사랑하게 된다.

시간을
소비하는
방식

황하 상류의 용문이라는 급류에 살고 있는 잉어가 폭포를 거슬러 뛰어넘으면 용이 된다고 등용문登龍門이라는 말이 생겨났다. 그만큼 그 급류 속 폭포를 뛰어넘기가 힘들고 인생의 큰 관문을 통과하는 데에는 만만치 않은 어려움이 존재한다는 데서 그 비유를 들어 말한다. 잉어는 용이 되기 위해 폭포를 오른다지만 연어를 포함한 대부분의 회귀성 물고기들은 자기가 태어난 상류로 가서 알을 낳고 수정하기 위해 폭포를 뛰어오른다.

인간이 뛰어넘어야 하는 폭포는 다양하게 존재한다. 대학입시와 입사, 고등고시 등의 패스와 큰 선거에서의 당선 등이 있을 것이다. 일반인들이 현실에서 느끼는 폭포는 무엇보다 집 장만과 결혼일 거라는 데 동의하는 사람들이 많을 것이다. 집이 잠을 자기만 하는 공간은 아니지만 '먹고사는' 문제를 말할 때 그 중요한 '자는' 문제를 빠뜨린 데에는 집을 구하는 것이 현시대보다 과거가 더 수월해서였을 거라는 추측을 하게 된다.

결혼을 위해 필요한 조건들도 까다로워졌다. '이대남'과 페미니즘이 부딪치게 된 이유와도 관련이 있다. 각종 다양한 정보들과 문화의 보편화, 교육수준 향상 등으로 눈은 높아졌는데 현실 생활의 만족도는 그에 따라가지 못하기 때문에 그 갭의 최전선 당사자인 젊은 남녀들 사이에 시각차가 존재하게 되고 선거라는 국가적 행사를 통해서 자연스레 갈등이 표출된 것이다. 여성의 권익을 증진시키자는 데에는 동의하더라도 상대편 당사자인 남자들의 입지는 그만큼 좁아지게 되고 상대적 불이익을 받는 다는 전제가 깔려 있다. 극단적으로 이런 불평등한 세상에서는 차라리 아이를 낳지 않겠다고 선언하는 쪽과 그렇게 해서까지 결혼할 바에는 아예 포기하고 말겠다는 쪽이 부딪친 결과이다.

그만큼 취업과 주택, 육아문제에 있어서 그들이 받는 스트레스가 크다는 걸 의미한다. 의외로 재정 상태보다는 직장 내, 친구 사이, 연인관계 등의 대인관계에서 받는 스트레스가 가장 크다고 나타나는 건 개인주의가 정착된 세대가 느끼는 의식과 현대 문화의 차이가 반영된 결과이다. 그러나 가장 큰 스트레스 요인은 여전히 이성문제에 있을 거라고 가늠된다. 각자의 이해관계에서 오는 다양한 스트레스는 결혼과 임신을 미루거나 거부하는 경향으로 나타나기도 한다. 불편한 것보다는 외로운 것이나은 것이다.

책임감이 중년들의 어깨를 짓누르고 있다면 청년세대들도 이미 그들이 직면하게 될 미래가 예측되는 것이다. 현실에 매몰된 채 삶의 갱신가능성 없이 제대로 자기를 꽃피워보지도 못하고 지치고 허덕이며 암울한 시간들을 버텨내고 있는 이들의 화두가 공정일 수밖에 없는 이유이다.

기득권 집단들에게 자기를 뺀, 혹은 자기집단을 뺀 나머지 사람들만의 공정으로 읽힌다는 점은 어처구니없으면서도 그만큼 기울어진 운동장이 보편화되어 있는 사실을 실감하게 만든다. 다른 사람들의 작은 흠결에는 그렇게 민감하게 반응하면서 어떻게 자기의 큰 흠에는 그렇게 관대한지, 그런 뻔뻔함과 파렴치함은 도대체 어디에서 나오는 것일까 자못 궁금해지기도 한다. 그게 가능하기 때문에 기득권 카르텔이 유지되는 것일 것이다. 그들이 품고 있는 영역 내의 특정한 이익들을 서로가 눈감아주면서 한편으로는 능력으로 과포장하여 기득권 벨트를 유지해오고 있는 동안 스스로에게는 그 불공정이 당연한 듯 무뎌진 탓이다. 자신들만의 울타리를 만들어 법적 제약에서 자유로운 네트워크를 형성하고 서로의 이익을 챙겨주며 공생해온 뿌리 깊은 습속들은 시대에 따라 그 양태를 달리해가면서 착상되어 왔다.

그들은 기득권 개혁을 외치는 것을 민주주의 병폐라고 말하곤 한다. 그렇지 않은 대다수의 선량하고 양심적인 사람들의 자정 노력은 한계가 있어 큰 흐름을 주도하지 못하고 있다. 대형 사고가 있을 때에야 일부 수술이 가능했지만 아직도 여전히 숨어서 이익을 취하려는 욕망을 버리지 못하고 있다. 그러니 청년들의 아우성이 그들에게는 크게 느껴지지 않는 것이다.

부의 대물림은 그 카르텔 밖에 있는 사람들에게 보이지 않는 희생을 전가하고, 그들이 보유하고 있는 부동산은 정말로 넘볼 수 없는 성인 것이다. 그들에게는 시민의식도, 시대정신도, 역사 인식도 없다. 그 기득권 유지에 필요한 자금출처가 예전에는 탄광이었고, 독과점이었고, 지금은 부동산인 것이다. 청년세대라고 모두 올바른 정신을 갖고 있는 것은 아니다. 처음부터 그 기득권을 요체 삼아 미래를 개척해보려는 젊은이들도 자기 밥그릇 빼앗길까 봐 기성세대를 흉내 내곤 한다.

이런 상황에서 개인에게 주어진 절대시간은 너무 빠르게 지나간다. 군대를 다녀오고 학교를 졸업하면 20대 후반인데, 10년 이후면 30대 후반이 된다. 몇 년 만 더 지나면 중년이라고 불려야 한다. 39세면 아직 청년이고 45세면 낼 모레 50을 바라보는 중년이다. 39세와 45세 사이는 참으로 규정하기 애매한 나이이다. 30세부터 40대 초반까지 장년壯年이라고 부르기도 하지만 지금은 그런 구분을 사용하는 예가 별로 없다.

이쪽도 저쪽도 아니지만 인간의 모든 주제들을 경험상 함축하고 있으면서도 누적된 피로 속에서 새로운 시작을 도모하는 나이, 인생을 알 만큼은 알면서도 아직 이루지 못한 부분들에 대한 열망도 여전히 가지고 있고 체력도 충분히 받쳐주는 나이이다. 사랑의 경험을 통하여 완숙함을 지니면서도 잃어버린 사랑에 대한 열정도 아직 그대로인 나이이다. 젊지도 늙지도 않은 나이이기에 인간의 생물학적 중심으로 불려도 자연스러운 세대인데 그 중심세대가 다시 질풍노도를 경험하고 있다. 특정한 진로를 포기하기에는 아직 이른 나이지만 기회가 없다. 젊었기 때문에 지금까지 맨손으로 버텨왔지만 몇 년 후면 중년이 된다. 어떻게든 지금 새로운 출로를 찾아야 하는데 세상의 구조가 너무 견고하게 자리 잡혀서 빠져나가거나 돌진할 수 있는 틈새가 없다.

지금까지 우리 사회에서 가장 민주적이며 자유롭다는 평가를 받고 있고, 세계에서의 위상도 돋보이는 지금의 한국은 폐쇄사회나 다름없는 길을 걷고 있는 중이다. 직업적인 소득수준이 완벽하게 분리되어 있고 신분상승의 기회는 존재하지 않는다. 소위 돈 놓고 돈 먹는 '야바위 사회'가 된 것이다. 그들은 부동산을 통해서 돈을 벌고 못 가진 사람들에 대해서는 너희들은 이렇게 살면 안 된다고 말한다.

미국을 위시한 강대국들이 개발도상국들에게 어떤 제도적 보호 장치도 없는 무한경쟁을 이루는 신자유주의를 받아들이라고 으름장을 놓으면서 '우리가 했던 대로 하지 말고 우리가 말하는 대로 하라며'(『나쁜 사마라아인들』, 장하준) 우리도 그렇게 부자나라가 되었노라고 거짓말을 해대던 장면들과 중첩된다. 자본주의는 공정한 기회를 배경으로 성장했고 그 기회의 평등은 계속해서 확대되어 왔다. 그럼에도 존재하는 빈부 격차를 완화하기 위해서 각종 연금과 복지제도가 그 보완수단으로 작동되어 왔는데 기회의 평등이 사라졌다면 더 이상 제대로 된 자본주의가 아닌 것이다. 자본주의의 탈을 쓴 사이비 자본주의 사회가 된 것이다. 그들은 밑바닥을 경험하지 않았기 때문에 보통 시민들이 느끼는 박탈감과 공포에 대해서는 알지 못한다.

주어진 시간이 내 편이 아니라고 해도 우리는 앞으로 나아간다. 중년이라고 모든 영역에서 뒤처진 조건만을 맞닥뜨리지는 않는다. 오히려 정신은 심오해지고 마음은 보다 평화로워지며 시야는 넓어진다. 대부분의 조건이 나이가 들어갈수록 더 열악해질 것이고 개인은 시대의 관심 밖으로 멀어져갈 것이다. 누군가에게 사랑해달라고 외치지도 못하면서 그 사랑의 뒤안길에서 새로운 역할을 찾아야 한다.

폭포를 뛰어오르는 연어의 눈을 들여다보았다. 삶의 거대한 소명을 완수하기 위해 치러야 하는 처절한 움직임에는 나름의 결기가 가득해서 적어도 인생의 고통을 뛰어넘는 꽉 찬 고독이 있을 것만 같았다. 그러나 그 눈 속에 보이는 것은 아무것도 없었다. 연어는 단지 해야만 하는 일을 하고 있을 뿐이지 의지도 욕망도 결의도 없는 것이다. 물론 연어는 사유할 줄 아는 동물이 아니라서 눈 속에 상념이 나타날 리 없지만 존재의 존재함을 고수하기 위한 삶의 진행은 그들에게는 긴요한 행사가 아닌 것이다.

모든 날이 가야만 하는 길을 가는 일이다. 한 걸음을 딛고 다음 걸음을 옮긴다. 폭포를 오르는 험한 여정이라고 해도 중요도는 똑같이 배분한다. 연어가 시간을 소비하는 방식을 비인간적이라고 말할 수는 없다. 물고기니까. 그 연어에게서도 합리성을 배운다.

삶의
균형

*

사랑은 그 사랑의 감정이 행복하기 때문에 하는 것이다.

그러므로 행복하지 않은 사랑은 중단해야 마땅하다.

그렇지만 서로에 대한 응원이 사랑보다 깊으면 어쩔 수 없다.

고통스런 사랑을 견딜 수밖에.

*

인생은 어떻게 그 대상을 껴안을 것인가의 문제이다.

어떤 방식으로 세상과 화합할 것인가.

내게 상처가 되지 않으면서

세계에도 흠이 되지 않을 방법으로 말이다.

*

무엇이 나를 행복하게 하는가.

내 마음을 채워주는 사람이나 사물, 아름다운 미소,

그리고 잘 익은 문장 하나.

*

인간은 욕망하기 때문에 흔들리는 것이 아니라

흔들리기 때문에 욕망하는 것이다.

*

산책길에 우연히 길옆에 웅크리고 있는

날지 못하는 산새를 보았다.

그러나 내가 도울 방법은 없었다.

우리 모두는 이와 같다.

숨은 사연을 뛰어넘어 스스로 날아야 한다.

*

잔뜩 긴장한 채로 진동하고 있는 그곳에

생의 비밀이 있다.

긴장하고 있는 것은 뭔가 부족하고 이상해 보이지만

스프링처럼 튀어오를 응축된 지점이다.

그러므로 강한 느낌이라는 것은

언제나 고개를 숙이고 있다.

*

눈사람을 만들 때 처음의 한 뭉치는 꽁꽁 뭉치게 된다.

사람도 자기를 성장시키기 위한 눈덩이 하나가 있는데

그곳에 여러 잡티들이 섞여 있어

그것을 순화하는 과정을 겪는다.

언젠가 그 눈조차 녹아내렸을 때

돌이킬 수 없는 흠이 되지 않기 위해서.

*

바다는 모든 꿈들의 무덤이다.

쓸려 내려간 것들을 품고 하염없이 울고 있어

늘 출렁이게 된다.

*

삶은 내가 가지고 있지 않은 것을 내게 요구한다.

가난한 자에게는 돈을 요구하고

무지한 자에게는 지혜를 요구하고

교만한 자에게는 겸손을 요구하고

부덕한 자에게는 그 덕성을 요구한다.

그럼으로써 내게 삶의 균형을

스스로 일깨우도록 채찍질한다.

*

바람을 등지고 걸어야 힘이 덜 들게 된다.

맞바람을 피해서 뒤로 걸을 때도 있다.

그게 마음 편하지 않기 때문에

인간은 늘 자기와의 싸움에 시달린다.

*

모든 꽃들과 나무들이 하늘을 바라보고 있는 것은

자기 차례를 기다리는 것이다.

언젠가 힘들게 자기 차례가 돌아왔을 때

망설임 없이 행복해야 한다.

*

모든 생명은 생장온도가 맞을 때 놀라울 정도로 훌쩍 큰다.

지금이 그때가 아니더라도 꾸준히 마음의 영양분을 섭취해야

때가 이르렀을 때 제대로 자기를 키울 수 있다.

언제나 스스로 준비되어 있어야 한다.

*

시작하기도 전에 허세를 부린 결과는 뻔하다.

완벽하게 안착했을 때에야 말을 건넬 수 있다.

허세가 얼마나 많은 운명을 뒤바꿔 놓았는지

누구도 모를 것이다.

실패를 자랑하는 자는 없으니까.

*

누구에게나 늘 자애롭게 대하는 것이 좋다.

그들도 세상의 틈바구니에서

고통 받고 외로운 사람들이다.

그래야 내 마음도 편안하다.

*

일을 추진하는데 어떤 조건이 성사되어 있어야 한다고 말한다.

그렇지만 조건이 이루어졌을 때는

다른 핑계를 댄다.

의지가 조건에 선행해야 한다.

*

식물도 좋은 말과 나쁜 말을 구분할 줄 안다.

물조차 칭찬을 들으면 육각수가 되고

핀잔을 들은 물은 결정구조가 망가진다.

파장의 힘이다.

인간관계에서는 오죽하겠는가.

*

잠에 깊이 들 수 있는 것은 축복이다.

우리의 무의식도 쉬어야 하니까.

인생의 삼분의 일이 헛된 시간 낭비는 아니다.

잠자는 시간이 없다면

나머지의 삶도 존재하지 못한다.

잠 속에서 번뇌도 존재하고 반성도 존재하고

희망도 싹튼다.

무엇보다 나의 균형이 다스려지는 순간들이다.

*

우리에게는 햇빛이 필요하다. 피부는 그 속에서

음식으로 섭취할 수 없는 일종의 미네랄을 받아들인다.

그러나 너무 많이 쬐면 병이 되기도 한다.

햇빛은 내일을 준비하기 위해

몸과 마음의 균형을 선사하는 중요한 활력소다.

사랑이
현실의 옷을
입고 있는
이유

지구상의 모든 사람이 현명하다면 인류는 어쩌면 멸망에 더 가까이 다가가게 될지도 모른다. 누구도 실수하지 않는 세상, 미래의 효과적 예측이 가능한 사회, 어떤 범죄도 일어나지 않는 질서정연한 도시란 그 자체로 완벽한 구동력을 갖춘 하나의 폐쇄계로 남게 되지 않을까.

이상적인 사회에서의 사랑의 역할은 어떻게 될 것인가. 아마도 갈등이 없으니 싸움도 없을 것이고 미움도 없을 것이며 화해도 없을 것이다. 사랑은 연극처럼 이루어질 테고 성욕은 종의 보존을 위한 용도로 정해진 시기에만 발현될 수도 있다. 그런 상태가 계속 지속되다 보면 오랜 시간이 흘러 인간이란 종은 자연스럽게 지구상에서 사라져갈 것이다.

종은 그 구성원들의 실수와 시행착오를 통해 발전하고 이어지며 번영과 쇠퇴를 맞는다. 개인에게 있어서는 작은 실수들의 반복이 자기 인생을 어지럽히고 망치게 되며, 큰 실수들은 그것을 갱신할 기회가 주어진다. 인간의 실수란 그것을 해결해나가는 과정에서 생성되는 자각과 생존 능력을 통해서 새로운 가능성의 장으로 옮겨간다. 인생에 큰 미련은 없다고 말하면서도 남은 시간은 걱정 없는 삶이고 싶다는 사람들에게서의 현재적 고통은 오히려 그 시간을 버티는 이유가 되기도 한다.

고통은 인간을 진화시킨다. 현존하는 고통의 시간보다 빠르게 앞으로 달려 나가야 그 고통의 차가움이나 뜨거움을 피할 수 있을 것이기에 최소한 그것을 견디는 능력을 통해서 삶의 공허함과 마주치지 않는다.

고통은 공허를 무력화시킨다. 나를 이 부조리한 세계에서 버티게 하는 힘은 사랑이지만 다른 한편으로는 고통의 집요함과 파렴치함에 대해서 나를 존치시키려는 투쟁과 결코 이에 굴복하지 않겠다는 항거가 나를 계속 살게 한다. 사랑은 나의 삶을 이끄는 동력이지만 고통은 그 삶을 밀어 올리는 동력이다. 전자는 행복한 삶을 추구하기 위해, 후자는 불행한 삶에서 헤쳐 나오기 위해 소용된다. 때로는 사랑과 고통이 한 몸이 되어 나를 속박하기도 한다. 사랑 자체가 고통이 되어 더 이상 사랑할 수도, 그 사랑에서 빠져나올 수도 없는 상태가 되면 나의 모든 삶은 극심한 좌절과 혼란에 빠진다. 고통스런 사랑은 스스로가 그것이 사랑인지 고통인지 결정하는 순간 그 이름이 바뀐다. 사랑이 증오가 될 수 있고 고통이 희열이 될 수 있기에 고통스런 사랑을 철회하기도 하며 고통을 동력으로 사랑을 끝까지 추도하기도 한다. 고통스런 사랑보다는 외로움을 선택하는 비율도 늘어간다.

우리의 삶을 이끄는 사랑은 연인과의 사랑에만 국한되는 것이 아니므로 그럼에도 불구하고 세계에 나를 유지시키는 내 안의 위치는 변하지 않는다. 돈을 위해 살든, 성공을 위해 살든, 가족을 위해 살든, 그때그때의 안락에 기대어 살든, 그것도 아니면 그냥 지금 이 순간을 버티며 살든 우리의 삶의 줄거리를 구성하는 것은 사랑이라서 누군가에게로 향하는, 혹은 나에게로 향하는 사랑의 보이지 않는 연결고리를 통하여 삶의 정해를 이끈다. 그 연결고리는 가족이라는 네트워크나 친구일 수도 있지만 단지 사랑에의 방향성만으로도 사랑을 구성하는 내 안의 마음가짐일 수도 있다.

그러므로 나는 충분히 혼자서도 대상 없는 사랑을 할 수 있다. 학자의 연구와 구도자의 기도와 시인의 고독도 같은 것이다. 오히려 이 대상 없는 사랑은 존재의 빈약함을 위로하고 영원에의 향수를 다독이며 세계 내의 고독을 끌어안는, 살아 있는 모든 것에 대한 사랑일 수 있기에 나를 만족시킨다.

그러나 이 말이 근본적으로 맞는다고 하더라도 우리가 누군가를 찾아나서는 끊임없는 시도를 하는 이유는 결국 인간의 체온 때문이다. 손의 온기와 언어의 교류와 눈빛의 온도 때문에 나는 나 자신에게 백기를 든다. 내가 누군가를 사랑하는 행위는 나 자신을 사랑하기 위함이므로 무엇보다도 간절하게 나를 사로잡는다. 자유의 공간과 더불어서 사랑의 공간이 존재해야 나는 보다 행복해질 수 있고 그러기 위해서는 여여한 행복도 중요하지만 자극적인 행복도 필수적이다. 남아 있는 사랑할 시간이 그리 많지 않은 사람들에게는 더더욱 이런 사랑을 통한 삶의 자극이 절실하다.

사랑 없이 인생을 연출하겠다는 생각은 공들여 지은 건물에 빛을 들이는 창문을 내지 않겠다는 생각과도 같다. 아무리 견고하고 훌륭한 디자인을 가지고 있어도 사랑이라는 색감을 입히지 않은 인생은 얼마나 공허할 것인가. 자유와 사랑을 서로 충돌 없이 지키는 것이 쉬운 일이 아니다. 내 생각과 다른 상대방을 설득하는 문제가 있지만 내가 갖고 있는 자유와 사랑에 대한 태도에 대하여 이해를 구하는 방식이 처음부터 이루어지는 것이 좋다.

젊었을 때의 사랑과 중년이 되었을 때의 사랑은 약간의 차이가 있다. 젊음의 사랑은 열정으로 채워지지만 중년의 사랑은 믿음으로 채워진다. 영원히 사랑하겠다는 무한의 약속보다는 서로를 죽을 때까지 보듬어주겠다는 한시적 약속이 더 소중하게 다가오는 시기이고, 실제 삶의 우여곡절 뒤에 존재하는 최소한의 허용된 시간 속에 더 이상의 굴곡은 없을 것이라는 믿음이 중요하기 때문이다. 이것은 기존의 상대방이든 새로운 상대방이든 인생의 시간이 한정되어 있으면서도 노화와 질병의 길목 앞에 서 있는 입장에서는 동일한 것이다. '무슨 일이 일어날지라도'라는 전제가 깔릴 때 그 무슨 일은 현실에서 바로 도래할 가능성이 크기 때문에 보다 진중하게 다뤄진다.

내 모든 것은 당신 것이라는 얘기는 젊음에는 어울리지 않는 문장이다. 앞으로 전개될 수많은 기회와 삶의 변수들이 그 '모든'을 제한하기 때문이다. 오히려 중년에게 이 말의 사용이 합리적일 것이지만 상대방에게 내어줄 그 '모든'의 내용물은 많지 않다. 한 개인이 자신의 젊음과 맞바꾼 것은 공허한 말의 자유가 아니라 제한된 말의 자유이기 때문에 본인은 그 자유를 수긍할 수 있지만 언제나 나 자신에게 흡족한 것은 아니다.

사랑은 모든 것을 주고 싶지만 막상 그 사랑에 걸맞은 최고의 것을 줄 수 없기에 늘 빈곤함을 느낀다. 그리고 나의 일부만이라도 제대로 된 것을 요구하는 사랑에 대해 취할 수 있는 태도도 익히 정해져 있다. 마음과는 다르게 그 모든 것을 줄 수 없는, 나의 부족한 일부만을 주어야 하는 사랑의 행위에 대하여 분명한 대가가 따르기에 그 죄의식 때문에 괴로워하기보다 차라리 뻔뻔해지는 쪽을 택한다. 어떡해서든 그 모든 것을 주고자하는 바람에 집착하다가 실제로 모두 내어주고 병들거나 부서지는 선택을 할 수도 있지만 그에 따라 그 사랑도 부서진다. 그래서 사랑은 완벽히 사랑함으로써 부수어지든지 적당히 자제하든지의 선택을 요구한다. 어떤 사랑에 있어서도 고통은 필수적으로 뒤따른다. 그런데 중년에게 있어서는 이 '모든'이 애초에 제약되어 있기 때문에 '정해진 범위 내에서의 모든'으로 읽힘으로써 편하게 사용되고 상대방도 그렇게 받아들인다. 물론 그 '모든'의 가능성조차 믿지 않음으로써 보다 여유로운 사랑이 된다.

사랑이 현실의 옷을 입고 있는 이유는 보다 오랫동안 사랑하기 위해서다. 순수한 사랑을 믿지 않는 태도가 늘어나는 것은 그런 사랑의 유지가 제한적이라는 판단에서다. 때로는 그 현실의 옷이 너무 무거워서 사랑을 의심하기도 하고 파탄나기도 한다. 그래서 사랑의 요소 중에 빠뜨리지 않는 것이 바로 의미이다. 내가 오랜 시간 간직했거나 특별한 사연이 깃들어있는 사랑의 무게는 어떤 현실적 요구보다도 깊고 소중한 것이어서 대신할 수 있는 다른 의미를 찾기 전까지는 가장 소중한 것으로 취급된다.

좋은 조건이나 배경, 수려한 외모가 내 사랑의 자리에 새롭게 들어선다고 해도 의미를 잃은 사랑은 공허한 것이기에 나를 충족시킬 수 없으며 사랑은 삶에 안착하지 못하고 떠돌게 된다. 사랑의 다양한 얼굴 중에서 나를 채워줄 수 있는 것이 바로 그 의미이기에 무엇이든 맞바꿀 준비가 되어 있다. 간혹은 이 잔인한 시대 앞에 공허한 사랑을 선택하는 이들도 늘어나는데 나와 나를 통합하지 않고 자아를 유리시켜야 하는 대가를 치러야 한다. 물론 시간이 지나가면 이 또한 치유되며 조금씩 새로운 의미를 써 나아갈 수 있으므로 사랑 자체보다는 미래의 시간을 믿는 것이다.

우리가 사랑의 마중물을 붓는 이유도 끝없이 사랑하기 위해서다. 내 사랑에 대하여 너무 깊이 속 태우지 않고 상대방이 적당한 반응을 보여준다면 좋겠지만 한 사람의 마음을 얻는 일은 쉬운 것이 아니다. 계속해서 내면을 두드리는 노력이 중요한데 가까이 다가가서 얘기할 수 있는 자격을 얻는 것이 먼저 필요하다. 너무 급하게 다가가서는 역효과가 나고 사랑을 잃게 된다. 손바닥을 적당히 마주쳐주지 않는 상황이 계속된다면 그런 사랑은 포기된다.

사람들의 꿈이 돌고 돌아서 몇 평의 텃밭을 가꾸는 평화로운 삶으로 귀착하지만 다양한 삶의 경험들을 통하여 그 몇 평만으로도 만족할 수 있는 자기 본래의 마음을 얻기 위하여 투쟁하고 방황하며 고민하는 것이다. 자기에게 주어진 생의 무수한 고통들을 경험하면서 그 모험이 충분하다고 판단했을 때 비로소 땅에 안착할 수 있게 된다. 그리고 그 시기는 젊음의 소진 시기와 거의 일치하게 된다. 그렇다면 실패도 우리는 계획의 범주에 올려놓았던 것인가. 실패는 어쩔 수 없는 생의 난해한 변명이기 때문에 계획되지 않으며, 자기 생에 대하여 무릎 꿇는 행위의 인간적인 수긍이기에 스스로를 감싸준다. 지칠 때까지 남김없이 소진시켜야 하는 어떤 것, 미련이나 갈증, 갈망 등을 소화해내는 작업을 그 방황 속에서 하게 되고 그것이 포기되거나 해소됨으로써 드디어 정착한다.

자기를 버티게 하는 힘이 가족이나 사랑일 수도 있고, 어떤 이에게는 글이나 그림일 수도 있고, 사업이나 투자일 수도 있고, 학문이나 정치적 성공일 수도 있지만 결국 그 줄거리를 이루는 것을 요약하면 사랑이 남는다. 대부분의 평범한 삶에서도 이것은 마찬가지이며 그것은 언제나 현재적이다. 예정된 사랑이나 예정된 고통은 없다. 내일은 아무도 모르며 오늘이 행복하고 고통스럽기에 지금을 버티는 일에 몰두하게 된다.

주도면밀하게 인생을 계획하고 실행해나가지만 실제의 오늘은 지금 이 순간을 버티는 데 주력함으로써 '하다 보니까 그렇게 될' 가능성이 항상 존재한다. 멀리서 보면 보이는데 가까이 보면 보이지 않는 마술 같은 현상들이 빈번하게 일어나기에 계획이 틀어지고 전혀 의도치 않은 방향으로 삶이 부유하기도 한다. 정말 작고 하찮은 선택들이 내 인생을 뒤틀리게 하고 헝클어놓기 때문에 가끔 내가 왜 이렇게 되었는지 혼자서 읊조리게 된다. 자기를 탓할 겨를도 없이 빠르게 지나가는 시간 뒤에서 안타깝게 한 발을 더 일찍 내딛지 못한 과거를 물끄러미 바라볼 뿐이다. 시간은 나를 기다려주지 않는다는 말의 뜻을 너무 늦게 알아차린다.

하다 보니까 그렇게 됐다는 말은 아주 원하지는 않았는데 그렇다고 똑부러지게 거부하지도 않은 상황의 연속적인 도래를 의미한다. 그래서 '하다 보니까 그렇게 됨'은 우리 삶의 중요한 관전 포인트이자 맥락이다. 어떠한 일에 대하여 미리 준비하지 않은 상황에서 색다른 변수가 가져오는 자극적이지 않은 끌림의 경험은 내가 결정력이 약하거나 사람이 너무 좋아서이기보다는 시간이라는 자연의 권력에 쉽게 기대게 되는 인간의 수줍음 때문이다.

누구든 될 대로 되라고 자기 자신에게 주문하지 않는다. 최소한의 방향성을 가지고 인생을 살아갈 때 내 규칙을 너무 느슨하게 풀어준 경험이 결정적인 순간 나를 외롭게 한다. 현재의 현실적인 요구가 미래를 갉아먹을 때 내가 취할 수 있는 태도는 정도를 걷는 것이다. 고통들은 언제나 상주하기에 더 큰 고통들을 맞닥뜨리지 않기 위한 기준이 필요해진다.

사랑이 고통이 아니라 치유이며 환희가 되기를, 고통이 잠시 견딤으로써 활력 있는 기회의 장이 되기를 이 무례한 인피니트 게임의 세계에서 실현되기를 바란다.

누군가에게 내마음을 전달함으로써 교감을 형성하고

이 거대하고 외로운 세계에서 타인과 연결됨을 느낀다.

공감

*

잃고 나서야 중요하다는 걸 깨우치는 것은 어쩔 수 없다.

인간의 한계다.

아무리 많은 조언과 주의력이 있어도 피할 수 없다.

잃고 보강하도록 우리는 진화하였다.

의미뿐만 아니라 재미도 소중하기에 잃을 가능성에 대해서는

설마라고 생각한다.

*

평가의 대상이 되지 않는 자기주장은 아무런 쓸모가 없다.

세계의 진행에 이바지하지 못한다.

단지 중앙의 링을 벗어나서 평가를 피해 달아나는 사람의

자기 핑곗거리에 지나지 않는다.

자기에게도 제대로 된 기준을 요구해야 한다.

*

가치가 없어도 의미가 있는 것이 있다.

가치는 세계의 역사에서만 살아 숨 쉬지 않으며

개인의 역사 속에서도 중요한 것이다.

때로는 가치와 의미가 구분되어 쓰이고

당사자는 아픔을 경험한다.

나 홀로 건설한 세상이 아니기에 그 세상의 일부를 사는

나에게 가혹한 잣대가 될 수 있다.

*

해도 후회하고 안 해도 후회하는 일들이 생긴다.

그것은 우리 삶의 대부분이 어떤 규칙들에 매여 있는

가운데 돌출되는 다른 기준들 사이에서

방황하는 의미들이 남긴 흔적들이다.

그것에 몰두하여 자기를 괴롭히기보다는

오히려 너그럽게 받아들여야 한다.

무엇을 선택하건 인생의 중요한 과정에서

능가해야 하는 곳에 그것이 존재하는 만큼

나를 훌쩍 건너뛰어야 한다.

생각이 필요 없는 선택도 있다.

*

화를 많이 내는 사람과 고집이 센 사람은

늘 고통에 시달린다.

*

내 마음의 지분을 갖고 있는 사람들이 있다.

때로는 한정된 지분 속에 요구가 과도할 수 있다.

그 조정을 잘못하면 계속해서 끌려다니게 된다.

공감의 거리를 잘 설정해야 한다.

*

흔히 살기 위해 사랑한다고 말한다.

그렇지만 인간은 외로움 때문에 사랑하는 것이다.

*

친구를 한 명 더 알면

길이 하나 더 생긴다는 말은 사실이다.

*

맨발로 걸을 때 발바닥은 아프다. 인생의 모든 길이 내게 이로운 황톳 길로 만들어져 있지는 않다. 모래와 자갈과 나뭇가지와 심지어 깨진 유리조각도 있을 수 있다. 그래도 가급적 맨발 걷기를 생활화해서 몸의 각 기관의 신경망을 깨워놓아야 한다. 하루 한 시간만 걸어도 몇 달치의 병이 사라진다. 모든 세포기관을 연결하는 신경망들에게 균형 잡힌 신호를 줄 수 있는 중요한 기관이다. 발바닥의 지압으로 뇌에 짜릿한 자극이 전달되면 기분이 좋아진다. 발바닥으로부터 정수리까지 혼연일체가 된 것이다. 반복해서 걷다 보면 수명도 연장될 것이다.

*

이제 선택 권한이 없다. 자연의 아늑함보다
사람들 사이의 아늑함을 더 소중히 하는 수밖에 없다.
모든 콘크리트 건물이 다 그런 것은 아니지만
우리는 자연을 버리고 이미 도시의 감옥생활을
선택하였다.
그래도 가급적 자연으로 나가서
오염되지 않은 공기를 마실 필요가 있다.

몸을 정화시키는 것은 좋은 글과

훌륭한 음식만이 아니다.

*

인간은 어떤 면에서는 진화하고 어떤 면에서는

퇴화할 것이다.

미래가 지금과 같을 수는 없다.

아마도 손가락은 진화하고 눈은 퇴화할 것이다.

너무 지쳐 있는 부분들은 휴식이 필요한데

그러려면 우리 몸을 너무 혹사시켜서는 안 된다.

뇌가 신체의 모든 기관을 관장한다고 생각하지만

오히려 그 뇌를 표상하는 것은 눈이다.

전자기기를 적당히 사용해야 한다.

*

사랑은 상대방을 이해하는 과정을 거쳐야 하기에 이해가 선행되지 않

는 사랑이 단순한 욕정으로 폄훼될 여지도 있다. 극단적으로 사랑은 돈

이라든지 사랑은 욕정 이상의 것이 아니라든지 해석을 내리는 이들이 바

라보는 세계가 그만큼 각박한 현실을 가리키고 있는 것이다. 경제적 측면에서 돈은 분명 사랑의 중요한 구성요소이고, 육체적 측면에서 섹스도 아주 중요한 부분이지만 가장 큰 부분을 차지하는 것은 공감이다.

*

가능성 있는 곳을 향해 나아갔을 때 성취도는 크다.

불가능한 것을 가능하게 했을 때의 성취도는 더욱 크다.

그러나 자기 한계를 넘어서는 곳에 존재하는 결과는

뜻밖의 선물이라고 생각해야 한다.

아쉽지만 내 한계를 인정해야 할 때도 있다.

*

내가 선택을 종용받았지만

애초에 내 몫이 아닌 경우도 있다.

원한다면 언젠가 스스로에게서 그 이유를 들을 수 있을 것이다.

*

인생에는 하기 싫은 것을 기어이 함으로써

자기 변화를 도모하는 과정이 존재한다.

*

책임져야 할 부분은 인생의 등불이 되고

책임을 느끼지 못하는 부분은 인생의 짐이 된다.

등불과 짐이 경쟁하다 보면

어느덧 인생은 지나가고 만다.

인생을 인수분해해서 남는 것이

무엇일지는 스스로 결정해야 한다.

*

인간도 고양이도 누군가가 필요하면 비벼댄다.

가장 진실한 감정 표현이다.

희망이
에너지다

우리가 삶을 살아가는 데 필요한 에너지의 원천은 자연이다. 그 에너지는 세계에 불규칙적으로 존재한다. 사람들은 그것을 사용하면서 그 활용에 특별한 규칙을 부여하고 쓸모 있게 가공하여 인간사회에 유용하게 만드는 역할을 한다. 인간 개개인의 에너지가 새어나오는 곳은 사랑과 용서, 배움과 희망, 배려와 관용 등 속에 있다. 이것은 물질을 연료로 사용하는 것이 아니라서 자유에너지라고 말한다. 물론 욕망이나 의지, 분노나 신념 등도 에너지원이지만 일정 시간이 지나면 소멸되는 한계가 있기에 한계에너지라고 따로 부른다.

열역학에서는 평형상태를 유지하고 있는 하나의 계의 미세한 운동으로 인한 내부에너지 중에서 실제의 일로 자유롭게 변환될 수 있는 에너지를 자유에너지라고 말하는데, 개인이 돈이나 수단, 지식이나 사회적 배경 이외의 것을 이용하여 자체 진동으로 일을 만들어내는 데 필요한 긍정에너지가 바로 자유에너지이다. 자유는 깨우침을 통해 얻어지지만 그 양태는 고요함과 균형이다. 인간들이 서로에게 부여하는 수많은 형태의 이야기와 논의들은 스스로를 지키기 위한 수단들이다. 자유는 그것들을 순화하고 조화시키는 힘인데 우리 내부의 움직임을 통해 존재하는 삶의 가장 큰 동력중의 하나이며 균형 잡힌 감각이다.

또한 자유는 가능성이기도 하다. 삶의 진행이 어느 순간 특정한 이유로 인해서, 혹은 감지되지 않는 원인들을 통해 가로막힐 때 두려움과 혼란을 이겨내고 평정을 찾아서 출구를 만들어내는 토대이다. 그것은 관조를 통해 자기 자신을 바라봄으로써 혼돈 속에서 길을 새롭게 열 수 있다.

그런 면에서 자유는 자기 자신에 대한 애틋한 호소이다. 말로써 현재를 만들어낼 수 없는, 말의 현현을 이끌지 않더라도 내가 나에게 보내는 어수선한 상념들을 다독이며 미래의 예견에 손을 내밀 수 있는 열린 통로이다.

자유는 한없는 가벼움이 아니라 현실에 발을 디딜 수 있는 무게중심을 갖고 있는 균형 잡힌 가벼움이기에 아무런 이유 없이 멀리 날아가 버리는 깃털 같은 것이 아니며 생의 중압감을 버텨내고 스스로가 자기 삶의 동력이 되는 근원적인 움직임이다. 게다가 자유는 치유이기도 하기에 세상을 살아가면서 그 힘듦을 버티는 과정에서 중요한 위치를 차지한다.

인생의 변수는 상황마다 다르게 나타나며 다양한 형태로 시간 위에 포진해 있다. 그 변수들을 통합하고 정리하는 것은 물론 자유이지만 그 에너지의 크기는 모두 달라서 인생의 전환점에 서 있는 개인은 미래를 저마다의 기준대로 재단하게 된다. 자유의 동력 중에서 가장 큰 역할을 하는 것은 다름 아닌 사랑이다. 사랑을 많이 가진 사람이 되기 위해서는 꾸준한 자기 확장을 통해서 세계와 사회를 보는 따뜻한 눈을 키워야 하지만 근본적으로 고운 품성을 타고나야 하는 특성이 있다. 또한 사랑하는 분위기의 가정에서 자라난 사람과 그렇지 못한 사람 사이에는 세상을 바라보는 시각차가 처음부터 다르게 착상되어 있다. 가정의 화목이 중요한 것은 그것이 세계의 안정된 구조와 평화에 미치는 바가 크기 때문이다. 독재자나 전쟁을 일으킨 전범 출신, 흉악한 범죄자들은 불행한 가정에서 성장했다는 공통점들이 있다.

사랑은 사랑의 경험 과정에서 얻는 효능감이 체득되어 나타난다. 인류 문명의 끝이 가까워졌으니 우리는 사랑해야 한다고 스피커를 틀고 다니는 사람은 사랑을 모르는 사람이다. 그는 입으로는 사랑을 얘기하지만 증오를 부추기는 사람이고 그 마음속에도 분노로 가득 차 있는 사람이다.

삶의 에너지가 부족하다는 것은 육체적 소모와 더불어 한계에너지가 고갈되어간다는 뜻이다. 분노도 욕망도 의지도 약화되어가는 시기에 이르면 어떤 일을 추진하거나 새롭게 시도하고 싶은 욕구도 점차 사라진다. 이때 필요한 것은 사랑을 보다 확충하는 일이다. 일에 매달리는 생활 속에서 마음은 찌들고 몸은 여기저기 아파오면서 활력은 사라지고 번 아옷이 되어 무기력과 우울증까지 겹친다.

사랑은 내가 준비되어 있을 때 다가오며, 그것은 삶을 살아오면서 겪었던 사랑의 감정들과 경험들이 내면에 정착되어 계속적인 사랑으로 나를 이끈다. 사랑의 고통과 어려움을 충분히 알면서도 그래도 내게 이롭고 행복한 감정으로 남아 있을 때 계속해서 그 사랑을 유지하고 추구해나갈 자원이 된다. 내가 지친 상황에서도 나의 중심을 잃지 않고 열린 마음으로 나를 갱신해가는 태도를 포기하지 않는다면 사랑은 그리 먼 곳에 있지 않다.

사랑은 줌으로써 얻는 감정이기 때문에 먼저 손 내밀 수 있는 용기가 필요하지만 간혹 도구로써 그 사랑을 이용하려는 자들도 많기에 사람을 볼 줄 아는 안목도 가져야 한다. 돈이 많다고 알려졌기에 결혼했는데 막상 결혼하고 보니 부자가 아니어서 이혼했다는 이야기를 미디어에서 너무 자주 듣게 된다. 돈으로 사랑을 얻으려는 자와 사랑으로 돈을 얻으려는 사람의 속성은 서로 같은 것이다. 내가 먼저 마음의 허영을 버리고 진솔해지지 못한다면 나의 사랑은 애초부터 세상의 허황된 잣대로부터 오염되어 있는 것이므로 자기를 다듬는 일이 선행되어야 한다.

분노나 의지, 욕망 등의 한계에너지는 시간이 가면 점차 소진되고 세상의 풍파 속에 지쳐가면서 세월에 희석되어 약화되지만 사랑은 나이가

든다고 해도 소멸되는 것은 아니라서 계속해서 추구하고 사용할 수 있는 내 삶의 에너지가 된다.

인간이 사용하고 있는 모든 에너지의 근본적 유인은 그것들이 희망을 품고 있기 때문이다. 희망이 없다면 일을 도모할 필요도 없고 사랑도 찾아 나설 이유가 없다. 희망 자체가 에너지이기 때문이다. 내 삶을 추진해가는 과정에서 희망이 있기 때문에 물러서지 않고 포기하지 않고 힘든 시간을 버티는 것이다. 희망을 감지한 사람의 얼굴은 그 기대감으로 눈동자는 빛나고 발걸음은 씩씩해져서 삶은 활력으로 가득 차게 된다.

사랑은 한계에너지의 성향도 가지고 있기에 그 사랑의 과정에서 생성되는 갈등과 고통으로 되돌릴 수 없는 나락으로 나를 떨어뜨려 회복할 수 없는 수준까지 다다르게 할 수도 있다. 사랑은 한계에너지와 자유에너지 영역 모두를 넘나들며 공통적으로 포진해 있고 그 크기는 그것을 경험하는 사람에 따라 왜소할 수도 끝없는 것일 수도 있다. 진실한 사랑이었더라도 사랑은 세상 살아가는 일들 중에서 가장 쉬우면서도 가장 어려운 상태로 다가온다. 불완전한 사람들끼리의 사랑이기 때문에 희망이 좌절로 바뀌고 상처로 삶이 뒤엉키는 일도 있다.

이럴 때는 자유에너지를 받아들여 자기를 치유하고 회복하며 그 고단

했던 사랑을 다독이는 시간을 가져야 한다.

　고통이 없는 사랑이면 좋을 텐데 아쉽게도 그런 사랑은 흔하지 않고 갈등 속에서 사랑이 증폭되기 때문에 사랑이 오히려 갈등을 끌어들이기도 한다. 사랑의 설레는 투쟁이 생략되면 그 온도는 반감된다. 현실의 사랑은 우리를 의도대로 진행되게 내버려두지 않는다. 사랑은 시험을 통해서 성숙해지는 과정을 밟는다. 내 심장을 찢어놓았던 상대방은 어쩌면 진정한 사랑이 아닐지도 모른다는 생각도 하게 된다. 사랑이 그런 무모하고 고통스런 것일 필요는 없다고 외쳐보지만 소용없는 일이다.

　사랑에 진입하는 과정은 일정한 공통점이 있다. 어느 순간 상대방에게서 특별한 하나의 지점을 발견하는 것이다. 그 지점이 은연중에 나를 계속해서 자극하게 되고 그 자극이 쌓여서 내가 그것을 깨닫게 되면 드디어 사랑으로 발전한다. 그 특별한 지점이 자극한 것이 강렬한 교감일 수도, 성욕일 수도, 결핍된 공간일 수도, 꿈꾸어 온 로망일 수도 개인마다 다를 것이지만 결국 사랑이 감지되면 그로부터 고난과 희열 속에 빠져들게 된다. 그러나 실질적으로 사랑은 어떤 지점을 통하여 발현하기보다는 사랑의 세포 자체를 건드리는 것이라고 보아야 한다. 사랑의 지점을 특정하기 어려운 이유는 총체적인 그 무엇들의 아우성 때문이다. 모든 세포가 일제히 상대방의 말과 눈빛과 움직임에 촉각을 곤두세우게 되는데

이는 내가 전혀 예상하지 않은 상황에서 일어난다. 사랑은 나를 구성하는 세포들의, 내가 통제하지 못하는 본능적인 반란으로 몸 전체에서 발현한다.

사랑은 내가 행복하기 때문에 사랑하는 것이므로 그곳에서 비롯되는 시험을 피하고 싶은 마음이 든다면 나의 진정성을 의심해봐야 한다. 자유는 사랑을 통해 그 에너지를 확충하지만 일정한 거리도 유지하게끔 자기 균형을 추구하는 힘이라서 현실의 고통을 내면의 고요함으로 승화시킬 수가 있다. 그것은 도피가 아니며 자기 한계를 넘어서는 어떤 경지를 향해 나아가기에 무책임함이 아니라 자기 자신에 대한 무한책임이다. 사랑을 품은 자유야말로 값지고 지혜로운 것이며 욕망의 사랑을 다독일 줄 알기에 깊이가 있다. 나이가 들어갈수록 사랑을 꾸준히 추동하면서도 한편으로 자유의 의식에 익숙해져야 언젠가 끝내는 혼자여야 하는 시기에 대한 준비도 될 수 있다. 그런 면에서 자유는 집착을 벗어난 사랑이다.

시골 우물가에는 반딧불이가 살았다. 딱정벌레목에 속하는 이 신비한 생물은 종류에 따라 크기가 1센티보다 크거나 작은데 깨끗한 하천이나 습지에 살기 때문에 오염되어 있는 곳에서는 찾아보기 힘들다. 풀숲에서 올라오는 형광 빛을 자세히 들여다보면 풀대에 한 마리씩 앉아서 짝짓기 상대를 기다리고 있다. 어릴 때는 이 생물이 왜 빛을 내는 것인지 어떻게 빛날 수 있는 것이지도 알지 못했다. 아랫배의 발광기관에서 암수 모두 빛을 내는데 루시페린이라는 효소를 사용하여 발광세포에서 산소가 아데닐루시페린과 결합해 열이 없는 빛을 생성한다고 알려져 있다. 예전에는 그 생물들을 모아서 글을 읽기도 하고 밤에 길잡이 전등으로 썼다고 한다.

자유는 스스로 빛을 내는 힘이다. 열을 만들어내지 않는 순수한 빛이기에 누구도 다치게 하지 않는다. 다만 오염되지 않은 마음에서만 살 수 있다.

인생의
매듭

*

모든 일에는 순서가 있고 그 과정에서 일어나는

다양한 갈등을 봉합하고 극복해나가야 한다.

그 극복의 과정이 일의 목적이 되기도 한다.

사랑뿐만 아니라 삶도 그렇다.

*

인생은 부족한 자기를 알아가는 과정이다.

그러므로 완성된 인격은 없다.

자기를 다듬기를 멈춘다면

그게 다라는 사실도 알아야 한다.

*

멀리 뛰려다가 주저앉으면 끝이라는 것을 개구리는 알고 있다.

그래서 일어선다고 생각하는 순간 뛰는 것이다.

일단 뛰고 나서 생각해야 하는 일들도 있다.

*

봄에 싹이 나기 위해서는 늦가을 꽃씨가

땅에 떨어지기 시작하는 순간부터

생명을 준비하게 된다.

봄이 되었다고 저절로 싹이 나오는 것이 아니다.

*

나 자신과 싸우는 일은 어렵다.

그 싸움에서 나를 이기기는 더욱 어렵다.

설득하고 달래고 등을 두드려주어야 한다.

그러면 그런 나를 마지못해 받아주기도 한다.

*

흙의 능력은 살 수 있는 것은 더 살게 하고

이미 죽어 있는 것은 분해시키는 데 있다.

그래서 흙은 그 분해된 것들의 총체이면서

모든 산 것의 어머니이다.

*

시간은 급류와 같다.

조금이라도 지체되면 떠밀려가게 된다.

*

인생의 진폭은 대단히 넓어서

어떤 곳에서는 작은 흠결마저도 큰 역류로 다가오기도 하고

다른 지점에서는 큰 역류도 작은 흠결에 지나지 않을 수 있다.

이 진폭의 형태는 서로 섞여 있어

어떤 층위의 유불리를 따질 일은 아니다.

그러나 보다 합리적인 상황을 계속해서 맞이하고 싶다면

나의 균형을 놓치는 일이 적은 층위를 선택해야 한다.

*

허리가 아프면 뜨거운 찜질에

푹신한 매트를 사용하지만

어느 순간에는 차가운 바닥이 효험을 본다.

자기 인생에도 회초리가 필요한 시점이 있다.

*

인생은 강한 비극을 피해서

좀 더 약한 비극으로 숨는 게임이다.

주어진 상황에서

고통이 적은 쪽을 선택하게 되니까.

*

우선순위에 대한 선택이 성패를 가른다.

운명이 지독하더라도 그 제어가 적절하다면 가능성이 있다.

그렇다고 해도 인성에 문제 있는 사람을

주변에 두는 것은 어리석은 일이다.

*

나이가 들어갈수록 페널티가 주어진다.

지금까지 살아온 것 자체가 보상이라는 뜻이다.

다른 종류의 보상을 원한다면 스스로에게서 찾을 수밖에 없다.

그 보상을 위해 늘 자기를 일깨우는 노력을 해야 한다.

그 깨달음이 고통일 때도 많다.

*

운명은 고집이 세다. 그걸 바꾸고자 한다면

아주 큰 감동이 필요하다.

*

바닷속의 남조세균인 프로클로로코쿠스Prochlorococcus라는

박테리아가 지구 산소의 20% 이상을 만들어낸다.

미세 플라스틱은 그 박테리아에 치명적이다.

인간은 자기가 마실 산소의 근원을 없애고 있는 중이다.

*

많은 사람들이 의리를 얘기한다.

그러나 그 의리 때문에 회사는 망하고

정치는 썩고 사회는 병들게 된다.

의리는 일반시민이 추구하면 미덕이지만

공인이 추구하면 악덕이 된다.

*

삶의 경험들이 쌓여갈수록 오히려

새로운 것들을 접하고 나를 계속 다듬어야 한다.

완고함에 빠지지 않고 균형을 도모하기 위해서

자기 확장을 꾸준하게 한다.

이것이 성숙의 기술일 것이다.

*

생각하고 나서 자르기보다

자르고 나서 생각해야 한다고

배나무 전정에 대해 아버지께서 알려주셨다.

내가 그렇게 살지 못했던 까닭에

이 말을 떠올리면 늘 눈물이 났다.

*

순리를 따르되 그 순리가 원하는 목적지에

닿게 하려면 다른 이들보다 조금 더 노력이 요구된다.

*

자유도 채움의 자유인가 비움의 자유인가

이행으로서의 자유인가에 따라 소용되는 힘들이 다르다.

자유는 자기 위로이기도 하지만

텅 빈 충만함이라고 부르는 데는

자기를 설득하고 확인하는 일이 선행되기 때문이다.

*

인생의 매듭에도 여러 단락이 있지만 대부분

안으로 접히는 부분은 그늘져 있으면서 오래 남고

밖으로 삐져나온 부분은 밝지만 결국 닳게 된다.

우리 생의
줄거리는
사랑이다

사회생활을 하면서 시간에 매여 있다는 사실이 중압감인 것은 맞지만 새로운 기회의 불가능성보다 삶이 횡보하지 않을 안정을 주기에 분명한 이점이 있다. 그래서 가급적 효율적인 내 시간의 배정에 특정한 직업이나 할 일을 집어넣게 된다. 어떤 것이든 할 수 있지만 아무것도 할 수 없는 상황에서 현실적인 하나를 선택할 수 있다는 것은 고마운 일이다. 그 명확한 하나가 사라지는 대가로 얻는 무수히 많은 가능성이 즐거울 수만은 없는 일이다.

그래서 직업을 잃거나, 오랜만에 휴가를 받았거나, 아니면 이직을 계획하는 과정에서 내게 황금 같은 여유시간이 주어지게 되면 앞으로의 삶에 대한 고민을 하게 된다. 예전에 가보고 싶었으나 발을 들이지 못했던 길을 탐색할 수도 있고 내 재능이 미치지 못해서 끝내 돌아섰으나 이제는 취미로라도 그것을 경험할 수 있으리라는 기대에 찬 행보도 있다. 새로운 도전을 통하여 인생의 방향전환을 시도해보겠다는 생각도 그중 하나이다. 과거에 경험했던 길들 위에서의 두려움과 무모한 열정으로 인한 좌절에서 큰 차이를 느끼지 못할 수도 있지만 오히려 많은 경험의 축적과 정보가 준비되어 있기에 보다 과감해질 수 있다. 그리고 그때와는 다른 복병들이 존재한다는 사실도 실감하게 된다.

우선은 체력이 슬슬 약화되어 간다는 사실이고, 둘째는 성공 가능성이 예전과는 다르다는 사실이며, 셋째는 주어진 시간 안에 해야 할 일들 중에서 앞을 내다보고 출발해야 하는 부분과 더불어서 걸어온 행보 속에 완성되지 않은 것들의 마무리도 동시에 진행시켜야 하는 상황이 존재한다는 것이다. 그동안 일을 중심으로 시간을 배정해왔다면 이제는 직업적인 일 이외에도 다양한 부분에서 수행해야 하는 일들이 눈에 들어오게 된다.

가장 먼저 생각해야 하는 부분은 남은 날들의 현실적 요구이다. 어떻게 하면 이 세계에서 도태되지 않고 나를 계속 지속시킬 수 있을까에 대한 해결책을 모색해야 한다. 지금이 충분히 계획되지 못한 상태라면 직장생활이나 사업을 계속해나가야 하기에 편안한 삶을 위해 일정부분 나를 느슨하게 내려놓기가 쉽지 않다. 게다가 장년층의 일자리라는 것이 알바 수준의 급료에 머물고 마는 경우가 많기 때문에 새로운 일을 찾는다고 해도 지난날과는 다른 상황이라는 것을 감수하지 않으면 안 된다. 그래서 사업을 시작한다고 해도 아직 많이 알려지지 않은 블루오션 업종을 선택해야 하고 소속이 있는 일이라고 해도 프리랜서 개념으로 움직일 수 있는 분야를 선택하게 된다. 하루 일과의 패턴을 다양화시켜서 체력을 안배하고 자기 시간을 보다 자유롭게 쓸 수 있는 방안을 찾는 것이 필요해진다. 일을 할 수 있는 여건이 된다면 쉬는 것보다 꾸준히 움직여야 뇌건강과 정서관리에도 도움이 된다.

다음으로는 자기 생의 과제를 어느 선까지는 완성시켜야 하는 문제가 남아 있다. 이 과제는 저마다의 상황에 따라 다양하게 존재하는데 적어도 어떤 일정한 부분만큼은 마무리를 해야 나중에 후회하지 않을 수 있다. 자기 삶을 살아오면서 이루지 못한 마음에 걸리는 일들이 있을 것이다. 단순히 하고 싶다는 개념의 버킷리스트보다 꼭 해야 하는 당위성의 문제가 누구에게나 한두 가지씩은 있게 된다. 더 이상 앞으로 나아갈 수 없는 삶이고 불가능한 부분을 이미 포기했더라도 삶의 기나긴 선분 상에 아귀를 맞춰놓아야 생의 오점이 되지 않을 일의 실행을 미리 계획하고 준비해야 한다.

그리고 인간적인 것의 보충이라는 하나의 장르가 따로 존재한다. 끊임없이 어른다운 어른으로 성장하기 위해 자기 각성과 성찰을 통해 스스로를 다듬고 보강하는 작업을 우리는 해왔다. 삶의 여정 속에서 아쉬웠던 부분들을 자세히 들여다보면 그곳에는 나 스스로도 어찌할 수 없었던 부족함과 고집 등의 안타까움이 놓여 있다. 변명을 해왔든, 보다 명징한 감정 속으로 도피를 해왔든 내 삶의 일부를 차지하고 있는 태도 속에 배어 있는 잘못된 습관이나 선택들이 나를 불편하게 한다. 내 잘못이 아니라고 해도 상황을 주도적으로 해결하지 못한 데서 오는 중압감이 잔존함으로써 자기 방어적 습속들이 앞서게 된다.

자기를 계속해서 좋게 다듬어서 내 삶에 떳떳하고자 하는 바람은 인간 개개인을 유지시켜온 동력 중의 하나이다. 자기를 아는 나이가 되어서 객관화된 스스로를 포용할 수 있는 근거는 보다 인간적인 면모에 있다. 인간은 평생 인연의 씨를 뿌리고 선행을 베풀고 좋은 인상을 남기며 나와 다른 의견을 가진 사람들을 포용하고 감싸주면서 덕성을 쌓는 것은 노후의 평안과 행복에 관계되는 일이다. 육체가 쇠약해지고 나면 그동안 쌓아온 인연들과의 새로운 관계가 시작된다. 마지못해 이어져왔던 인연들은 대부분 정리된다. 자녀에게도 존경받을 수 있는 인격으로 남는 것이 중요하다.

개인을 유지시켜온 동력중의 하나인 사랑은 충분한가. 사랑을 따로 떼어놓고 생각하는 이유는 인간의 삶을 이루는 가장 긴요한 부분들에는 여지없이 사랑이라는 감정이 자리하고 있기 때문이다.

사랑은 우리 생의 줄거리이다. 어린 시절부터 청년기를 거치고 결혼을 하고 그 이후의 삶 속에서도 비록 드러내놓고 말할 수 없었을지언정 크고 작은 사랑의 감정들이 삶의 변화와 함께 내밀하게 웅크리고 있는 데에서 회상의 한 형식으로든 존재증명의 한 단락으로서든 이를 한 줄로 꿰는 작업을 계속해서 해온 경험을 갖고 있다. 멀리는 부모님의 사랑에 대한 추억들로부터 이루지 못한 사랑에 대한 회오까지 내 삶의 정서적 줄거리를 장식하는 큰 흐름을 구성해 온 것이다. 이력서에는 기재할 수 없지만 나를 형성한 원류는 사랑이라서 친한 친구들과 어울려 술을 마실 때나 혼자의 산책길에서 사색에 잠길 때 개인이 가장 많이 회상하고 그리워하는 부분이 사랑이라는 것을 부정하는 사람은 없을 것이다.

인간은 사랑을 주고 싶어 하고, 또한 받고 싶어 한다. 누군가에게 내 마음을 전달함으로써 교감을 형성하고 이 거대하고 외로운 세계에서 타인과 연결됨을 느낀다. 꽃을 피우지 못했을지라도 나의 사랑은 부족하지 않았을까 만족스러웠나를 자기반성의 토대로 삼기도 한다.

가슴 뛰는 순간을 외면해야 했던 이유에 대한 분석도 뒤따를 것이고 남은 시간들 속에 그 사랑을 복기하면서 아쉬움을 달래게 된다. 아직 마무리를 짓지 못한 사랑이 있다면 그 사랑을 완성시키기 위해 최소한의 어떤 시간을 가질 것임에 틀림없다. 언젠가 삶의 모든 순간은 여지없이 지나가고, 그 안의 내용들도 잊히게 되며, 나 자신 또한 그렇게 될 것이다. 그렇지만 내 삶에서 끝까지 나를 붙잡고 늘어지는 것은 사랑하는 사람의 얼굴이다.

사랑의 범위가 내 삶의 영역이었고 사랑의 정도가 내 삶의 질을 형성하는 척도였다. 그러므로 정치인이 선거에 당선되고 사업가가 계약에 성공하고 과학자가 새로운 이론을 발견하듯이 사랑의 완성을 통하여 나를 확인하고 싶어 하는 심리는 자연스러운 것이다.

사랑과 더불어 삶의 목표 중의 하나는 자유를 추구하는 일이다. 세상의 틀 속에 살아가면서 굳이 하고 싶지 않았어도 해야만 했던 일들과 그 규준들을 지키기 위해 애쓰면서 느꼈던 불편함을 뒤로하고 이제는 세상의 규칙과 존재의 획일화된 언어들로부터 자유로울 수 있는 시간을 갖기를 꿈꾼다.

매 순간 행복할 수 있다면 그 행복한 순간들이 모두 자유였겠지만 현실적으로 어려운 일이기에 이제부터 주어진 시간만큼은 더 자유로우며 경쾌함을 느낄 수 있는 인생을 살고 싶다. 자유라는 것이 단순히 오지를 여행하고 그동안 꿈꾸었으나 시간과 경제력의 제약상 가보지 못한 곳을 탐방하여 희열을 느끼는 것만이 아니다. 일상생활에서도 독서와 사색을 통해, 친구들과의 수다를 통해, 삶의 현장에서 깨우침을 통해, 마음의 각성과 용서를 통해, 정갈한 음식의 섭취를 통해, 아름다움의 감상과 그 조각을 통해, 그리고 사랑을 통하여 드문드문이라도 계속해서 자유를 구가하여 왔었다.

자유의 요소 중에 가장 중요한 것은 바로 자유에의 희망이나 그 가능성이다. 모든 희망이 사라진 상태에서의 참혹한 수긍은 죽음과 다를 바없으며 영원한 자유 또한 마찬가지이기에 궁극적 자유를 우리는 해탈이라고 말한다. 깨달음을 통해 궁극적 자유를 찾은 사람들은 모두 죽은 사람들뿐이기에 우리의 자유는 언제나 부족하고 진행 중이며 희망사항에 머물러 있게 된다.

우리는 자유를 이루지 못하기에 쫓김을 경험하게 되며, 그 추구는 현실을 살리는 힘이 되고 불완전한 세계 속에서 나를 지탱하는 구실이 된다. 자유는 나를 능가하여 새로운 나를 확인하는 경험인데 삶 속에 이런 장치들이 이미 설정되어 있고 그 과정을 통하여 우리는 어른이 되어왔기 때문에 생소함의 발견만이 자유가 아님을 안다. 그렇지만 우리가 경험하는 자유의 양은 개인이 만족하기에는 턱없이 부족한 것들이다.

그래서 최대한 자유의 시간을 확보하여 나를 풍요롭게 가꾸는 것이야말로 무엇보다 중요한 일이 되었다. 도시생활을 완전히 떠나서 산속 깊은 곳에 둥지를 틀고 싶은 생각은 없으나 어느 정도의 거리에서 과거의 향수를 느낄 수 있는 물 맑은 곳에 주거지를 만들어 살고 싶다는 바람을 갖는다. 내가 꿈꾸었으나 가보지 못한 길을 탐험하면서 생활과 일의 밀착을 통하여 나를 온전히 가꾸고 싶은 마음도 있다. 완벽한 사랑이 없듯 완벽한 자유도 없기에 조금은 불편하더라도 쉽게 질리지 않는 자유를 선호하게 된다. 애써 찾아가서 자유를 느꼈지만 거주하면서 살기에는 께름칙한 곳도 많기에 사회생활과 완전히 담을 쌓지 않는 자유를 추구한다.

평생 한 번쯤 해보고 싶었던 일들의 목록을 만들어 실행하는 것도 필요하다. 불가능한 것이라면 빨리 포기해야 하지만 할 수 있는데도 게으름과 용기 없음 때문에 계속 지나치기만 했다면 시간이 더 지나서 분명 후회하게 될 것이기에 가급적 가능한 부분부터 차례로 경험하고 내 시간을 채운다. 지금 이 순간 스스로의 미래를 살아가고 있다고 생각할 필요가 있다.

아주
작은
흐름

*

인생은 흔들림의 연속이다.

미래를 아무도 장담할 수 없기에

모든 선택에는 갈등을 수반하게 된다.

일상생활의 거의 모든 행위들이 동요로 이루어져 있다.

그래서 모든 결과물은 동요의 산물이다.

*

인간들은 인간들을 위해 일을 한다.

목소리가 강한 집단들을 위한 혜택이

따로 존재하기도 한다.

또 인간들은 동일한 집단들끼리만 평등하다.

인간들이 얘기하는 평등은

평등을 주장할 수 있는 권리에 대한 평등일 따름이다.

*

한 개체가 가지고 있는 에너지의 빈 공간이

비슷한 유형의 다른 에너지를 가지고 있는

개체와 만나서 우연한 선택으로 삶은 진행한다.

그 빈 공간이 바로 내가 회피하고 싶었으나

어쩔 수 없는 선택으로 현상계를 통해

드러나는 가운데 고통이 끼어들 틈이 생성된다.

*

쇼펜하우어Schopenhauer는 궁핍이 고통을 낳고

안전은 무료함을 낳기에

인생은 이 두 가지 사이를 오가는 것이라고 했다.

그렇지만 현실적으로는 고통을 체화하여

고통이 아닌 것으로 적극적으로 받아들일 수 있을 때에야

비로소 안락이 찾아온다.

*

고독도 결국은 내 삶의 황량한 시간들을

모두 끌어안지 못하는 얕은 침잠일 뿐이다.

삶의 고뇌를 해소할 실마리는 고독에 있지 않다.

존재의 목적은 깨달음 자체가 아니라

깨달음이 없어도 존재할 수 있는 질 좋은 평온함이니까.

*

인간들은 자신만의 특유한 장점 하나씩은

보유하게 된다. 게다가 본능적으로

조금 부족한 부분일지라도 자기에게

유리한 부분을 특화시켜 사용하게 된다.

어릴 때의 특징이 성인이 되어서도 쉽게 변하지 않는

것들 속에는 고스란히 이러한 특성들이 녹아 있다.

*

우리는 머릿속이 너무 복잡하여 아주 단순한 것을

단순하게 바라보지 못하는 특이한 습성을 지니고 있다.

그래서 인간은 스스로의 사회적 단점을 상쇄할 수 있는

대각 관계의 재능을 보유한 사람을 만나게 된다.

인간은 인간을 상쇄한다.

*

사람들은 항상 내일을 걱정하며 산다.

내일의 걱정거리가 없다면 그다음 날의

걱정거리를 물고 늘어진다.

그래서 삶의 목표는 걱정이 없는 세계이고,

삶의 도구는 걱정 자체이고,

삶의 희열은 큰 걱정으로 작은 걱정들을 대체하는 것이다.

*

옳고 그름도 순간적으로 바뀐다.

옳음이 언제나 선이 아닌 것처럼

그름도 항상 악은 아니다.

사람들 세계의 기준은 명확한 것 같지만

자기를 빼놓고 세상만을 저울질하는 꼴이 되어서

자기에게 주는 엉성한 면죄부가

독이 되어 되돌아오게 된다.

스스로를 정확히 바라보지 않으면

인생 내내 자신의 감옥 속에서 헤매게 될 수 있다.

*

외부 충격이 없을 때조차 자기의 평온을 유지하려는 노력과

외부 충격이 주어졌을 때 그것을 조화롭게 흡수하여

자기의 동력으로 삼을 수 있는 균형적 준비 상태가

인성이다.

*

인간은 스스로가 가지고 있는 생체리듬과

조화를 이룰 수 있는 자극에 대해서는

쉽게 적응하면서 조화를 이루기 힘든

자극에 대해서는 스트레스를 가져온다.

스트레스는 전체 계를 뒤흔드는 진동으로 나타나며

취약한 부분으로부터 균열을 발생시키고

더 나아가서는 극도의 슬럼프에 빠지게 한다.

그래서 외부 충격에 강한 계系,

신경증이 없는 계를 만드는 것이 우선이다.

*

존재하는 변수들을 상수화 시킬 수 있는 능력을

자신에게서 구해야 한다.

자기가 원하는 세계로 스스로를 이끌기 위해서는

현재를 벗어날 수 있는 첫발을 내디뎌야 한다.

그러면 그다음 발은 조금 쉬워질 것이고

계속해서 걸음은 빨라질 것이다.

실력이 오르면 비전이 생기고

비전은 자신감 있는 인성을 이룬다.

*

우리는 추억으로 살기 위해 추억을 만드는 것이 아니다.

추억은 다락 속의 조화일 뿐이고

현재는 아름다운 꽃을 가꾸는 것이다.

*

사실을 사실 그대로 보아야 하는데

자꾸만 빛바랜 의미를 붙이려 드는 것은 공허하기 때문이다.

*

성공은 자기가 원하는 것을 이루는 것이다.

목표를 너무 높게 잡으면

평생 낭패감 속에서 허덕이게 된다.

주어진 시간에 맞춰 적정한 요구를 수용했을 때

한 번뿐인 인생에서 그것을 느낄 수 있다.

남들의 평가는 미뤄둬야 한다.

*

마음이 꽉 막혀 있을 때는 물꼬를 터줘야 한다.

너무 열려져 있어 아플 때는 살짝 막아준다.

아주 작은 흐름으로도 족하다.

사랑을 알아야 인생을 안다는 말을 거꾸로 말하면

사랑을 모르면 인생을 모른다는 뜻이다.

그리움의
이해

사회를 읽는 수단들과 나를 나타내는 도구로써의 마케팅효과는 인간이 오래전부터 사용해왔던 방식이기에 전달내용의 충실성보다는 전달의 효과만을 극대화시킨 내용 없는 전달에 중점을 두기도 한다. 옳고 그름보다는 사회적 효과를 목적으로 하기 때문이다. 급기야 광고는 있지만 광고내용은 없는 이미지 광고도 이에 편승한다.

자연스러운 인간의 행동양식으로 현실에서 발견될 때 그 구성원들이 깨닫는 것은 인간 심리의 취약성이 아니다. 어느덧 현실이 되어 있는 가상현실과 겨우 명맥을 이어가는 실제 현실 간의 간극을 과거보다 용의주도하게 메우며 나가야 하는 데서 오는 피로감이다. 불합리한 선전선동에 쉽게 끌려가지 않는 현대의 구성원들이 파악하는 왜곡된 문화현상이 인간의 미래를 결정짓는 주요한 요소로 작동할 것이라는 해석은 나라는 주체적 자아가 감당해야 하는 삶의 무게로써 가늠된다.

단순한 사회혼란만이 나를 어지럽히는 것이 아니다. 개인에게 요구하는 사회의 다양한 관계 장치에서 나오는 심리적 압박감도 있다. 무지와 몰지각이 만들어내는 사회의 주된 양적흐름을 피해서 가급적 단순하게 살고자 하는 바람도 그에 따라 현실에서 움튼다. 최소한의 관계와 필요한 만큼의 노력으로 단출한 시간들을 꾸미겠다는 것이다. 과거로부터 내려오는 얽히고설킨 매듭들을 단숨에 잘라냄으로써 에너지 낭비와 감정

소모를 줄인다. 어떤 것이 더 인간적이냐 하는 문제는 내가 얼마나 더 행복해지며 불행가능성에서 멀어지냐의 척도 앞에 중요한 것이 아니다. 내가 누군가와 더불어 행복한 소통을 이루어낼 수 있을지 자신이 없어지면 자발적으로 혼자임을 선언하는 것이다.

　최소한의 즐거운 관계가 존재할 거라는 가정 때문에 누군가를 그리워하는 마음을 지우지는 않는다. 그렇다고 해도 그 그리움의 결과가 나를 만족시킬 거라는 확신은 존재하지 않는다. 외롭더라도 차라리 스트레스가 없는 편이 나은 것이고, 한편으로는 나를 적극적으로 주장해야 하는 당위성에서 벗어나서 있는 그대로의 나를 확인하는 것이 편안한 것이다. 일부 포기해야 하는 부분들이 점차 드러나더라도 개의치 않을 용기만 있다면 이러한 삶의 방식을 수용하는 태도들은 훨씬 더 늘어날 것이다. 개인주의적 사고가 확립된 세대만의 문제가 아니라 이미 전체 세대들에게서도 폭넓게 불편한 관계보다 명확한 주체를 선호하는 인식을 통해서 보편적으로 자리 잡을 가능성이 커져 있다. 혈연으로부터 받는 스트레스도 피할 수 있다. 행사 있을 때에만 부부행세를 하는 졸혼 가정처럼 행사 있을 때에만 형제, 친척으로 존재하는 졸연도 늘어날 것이다.

　개인주의의 가속화 원인은 다양하겠지만 개인정서와 시대의 간극을 우선으로 들 수 있다. 하나의 시대 안에 각기 다른 현실을 살아내고 있는 구성원들의 정서적 차이는 각자에게 스트레스로 다가올 것이고 서로에게 부여하는 책임의 언어가 불편하고 생뚱맞은 것이다. 혼인 없는 동거가 늘어나는 이유는 서로에게 간섭받지 않고 구속하지 않겠다는 뜻인데, 그 이면에는 결혼을 통해서 감내해야 하는 배우자 가족들과의 관계설정이 몹시 부담스러운 측면도 있다. 일정 부분은 이 사회에서 통용되고 있는 고정관념과 과거의 정서로부터 도망치고 싶은 영역도 있다.

시대의 흐름에 따라 변화를 가져올 수 있는 유동적 사고가 있고 정서적 스펙트럼도 넓어졌다고 안심하기에는 이르다. 언제든지 필요할 때면 불러낼 수 있는 고정적 관계 장치들을 등 뒤에 숨기고 있는 이들에게 내 마음을 다 열어 보일 수도 없다. '원래 이래야 하는'이라는 말의 '원래' 내용을 자세히 들여다보면 유교적 습속들이 웅크리고 있다. 남자는, 여자는, 며느리는, 형제는, 아들은, 사위는 어떠해야 한다는 관념의 무기가 인간적인 것을 가늠하는 잣대로 사용되면 속수무책으로 당할 수밖에 없다. 비혼 동거의 이유가 우리 사회에는 한 가지 더 덧대어져 있는 것이다.

한편으로 젊은 보수들은 어떻게 나타나게 되었을까. 통상적으로는 주변 환경에서 비롯된 확증편향이나 귀인의 오류를 통해서 시대가 맞닥뜨리고 있는 외부적 유인을 축소 평가함으로써 보수적 시각을 갖게 된 것으로 볼 수 있다. 자기나 타인의 행동의 이유를 평가하고 원인을 찾으려는 귀인 편향attribution bias이 현실을 항상 정확하게 반영하지는 않기 때문이다. 그러나 그동안 당연하게 생각해오던 관념의 틀을 거부하는 흐름의 하나라고 보아야 할 것이다. 이 시대가 가지고 있는 모순들을 나름의 시각으로 새롭게 재해석하는 것이다. 기존 세대들과는 다른 더 세밀한 잣대를 시대에 맞게 주장하는 것이다. 지금은 탈이념의 시대이다. 물론 현실이 과거와는 다른 특정한 어려움에 처했을 가능성이 있다.

사회편입기회의 축소와 그 열악함이 있고, 성평등 문제에 있어서 각자가 느끼는 불공평이 있고, 개인적, 사회적 책임의 상대적 확대가 존재한다. 똑같은 출발선상에서 페널티를 물고 달려야 하는 기분을 감지하는 것이고 실제 현실도 그렇게 진행되고 있다. 거대담론들이 간과했던 사회의 현실적인 변화를 요구하고 반항적이며 튀어야 직성이 풀렸던 X세대가 오십대의 중년이 되어 지금 사회의 중추를 담당하고 있다. 서구의 구분과는 조금 다르고 분류에 따라서 약간의 차이가 있지만 20세기 후반의 밀레니얼 세대와 21세기 초반에 태어난 Z세대를 통틀어서 MZ세대라고 부른다. 디지털 환경에서 자라나서 뚜렷한 개성과 개인의 행복을 최우선으로 하고 여가와 재미를 추구하는, 주요 디지털 소비계층이라고 해서 둘을 통칭해서 부를 때 사용한다. 그렇게 당당하고 개성 강한 세대가 한편으로는 이기적이고 자기중심적이라는 평가를 받으며 보수화되어간다는 것은 과도한 책임을 지우는 기성세대에 대한 반감도 자리하고 있다. 미래보다는 현재의 시간에 투자하고 소비하는 현상은 자연스런 흐름이지만 사회의식의 부재라는 비판에 직면해서는 그들도 할 말이 많다. X세대의 자식들인 Z세대가 서로 공감대를 이루는 부분도 많으나 사회적 성향에 있어서 차이를 보이는 것은 그들이 경험하는 경쟁구도가 사뭇 다르기 때문이다. 이를테면 두뇌가 뛰어난 엘리트 그룹 내의 경쟁심화를 Z세대가 겪고 있다고 보아야 한다. 그들이 자기중심적 사고를 갖는 것은 어쩌면 당연한 것이다.

동시대의 다른 현실을 경험하며 살고 있지만 시대를 관통하는 사회적 분위기는 동일하기에 치열한 생존경쟁에서 각자가 느끼는 삶의 고립감은 공통된 감정이다. 베이비붐 세대와 86세대도, X세대와 Z세대도 누구에게 의지하지 않는 상황에서 자기 자신만의 개인적 영역을 개척하며 최소한의 관계 속에서 살아간다. 그 최소한을 어떤 식으로 정립할지는 개인마다 다르다고 하더라도 적어도 그리움이란 주제를 놓고서는 특정한 사람을 대상으로 하게 된다.

그리움은 나 아닌 타인을 향하는, 나를 위한 감정 중에서 누구에게 내보일 이유가 적으면서 가장 폭넓은 스펙트럼을 형성하고 있기에 큰 에너지 소모 없이 오랫동안 간직된다. 때로는 내가 누군가를 그리워하는지 자기 자신도 모를 경우도 생긴다. 어느 정해진 순간에 확인하는 자기 내면의 이야기가 보다 자극적인 현실의 수긍 앞에서 쉬이 잊힐 수 있는 까닭이다. 그래서 그리움은 그 발현의 빈도로 확인될 가능성이 크고, 그러다가 문득 스스로의 감정을 눈치 채는 순간이 오게 되면 드디어 현실에 그 모습을 드러낸다. 그리움은 그 대상을 만났거나 원하던 감정의 계단을 올라섰더라도 사랑을 떠받치는 가장 하위의 신축적인 작용을 통해서 계속해서 잔존하게 된다. 단지 사랑이라든지 걱정이라든지 다른 감정으로 읽힐 뿐이다. 그래서 누군가가 곁에 있어도 계속 그리운 현상은 지극히 자연스러운 것이며, 그리워하면 만나지 못하니 그리워하지 않겠노라고 선언하는 시인의 행위는 오히려 그 그리움을 증폭시킨다.

이 대상이 없는 그리움은 정체를 알 수 없는 기다림과 동일한 것이고, 그 실질적 내용은 공허에 가깝다. 그리워하고 싶어도 그리워할 대상이 없는 것인데 가장 효율적인 생의 가치들을 가지고 전혀 효율적이지 않은 감정을 불러낼 수 없기에 그리움의 영역은 따로 확인될 수는 없지만 미약하게나마 공허 속에서 움직임을 보인다. 그리움이 없다고 해도 생의 욕동들이 어떻게 해서든 그 공허 속에 영향을 미칠 테고 어떤 감정적 방향이 제시되는 상태가 가능하다는 것은 무엇인가 그 속에서 자극을 꾀하고 있다는 뜻이다.

정도의 차이가 있을지언정 그리움은 타인을 향한 나를 위한 감정들 속에 다양한 모습으로 착상되어 있다. 사람 만나는 것을 불편해하고 전화보다는 문자를 선호하며 상처와 스트레스에 민감한 것은, 다양한 이해관계 속에서 삶이 진행된다는 걸 인정하더라도 정작 내가 필요한 부분에서 도움을 받을 수 없고 말의 위로가 현실적 효과를 내지 못한다는 걸 알기 때문이다. 외로워서 찾아갔다가 상처만 받고 돌아오는 경험이 많으니까.

전화보다는 문자를 선호하는 세대에게 '콜포비아'라는 병명까지 붙여주며 대면사회생활의 중요성을 강조하는 학자들도 그들이 왜 음성대화를 부담스럽게 생각하는지의 이유에 대해서는 쉬이 간과한다. 그들이 불편해하는 것은 그냥 전화가 아니라 쓸모없이 반복되는 감정적 말의 향연, 불필요한 미사여구로 인한 낭비적 요소, 편하지 않은 틀에 박힌 과거 정서, 비합리적인 습속들이다. 게다가 전화는 보통 내게 이로운 내용이 아닐 경우가 많다는 걸 알기 때문이다. 그것을 사회성이 부족하다고 읽는 기성세대에게 갑갑함을 느낄 수밖에 없다.

사회관습에 얽매이지 않으려는 태도는 MZ세대의 성향이기보다는 이미 보편적 사회문화이기도 하다. 예전에는 뭉쳐야 산다고 했지만 지금은 뭉쳐서 얻을 수 있는 것은 시간 낭비밖에 없기에 어차피 혼자서 감당해야 하는 것들에 대해서 차라리 혼자서 몰두하자는 계산도 있다. 해피엔딩의 가능성으로 환원될 수 없는 감정들에 대해서는 무시하는 게 낫다. 그래서 에고가 나와 나를 통합하려는 노력을 일정부분 미루게 되고 그 벌어진 틈새를 자유로 인식하게 되지만 사실은 공허인 것이다.

그래서 자기를 억지로 통합하기 위한 과정에서 생성되는 결핍을 수긍해야 하는 에고ego보다는 자기를 있는 그대로 용서하고 이해하는 셀프self가 마음의 주체가 되어야 한다는 주장이 나온다. 융은 의식의 구조물인 자아와 집단무의식의 구조물인 자기를 구분했는데, 남보다 나은 무언가를 소유하고 쟁취하기 위해 투쟁적 삶을 살고 있는 자아와 다르게, 셀프는 나의 자아에 대한 상처를 자각하고 작고 단순한 것에서 삶의 여유와 자유를 느끼는 마음이라고 할 수 있다. 이는 평가하고 갈등하고 비교함으로써 늘 부족함과 화와 불안에 시달리는 삶으로부터 본래 나를 존중하고 평화와 만족과 행복을 누리자는 마음 운동으로 발전되고 있다.

자유는 상처의 치유이지 상처의 확장이 아니기에 공허가 과도하게 들어차지 못하도록 관계를 회복해 나가야 하면서도 그 관계가 나를 불편하고 부담스럽게 하는 데는 선을 정할 필요가 있다. 쇼펜하우어의 고슴도치 딜레마는 날이 추워져서 형제끼리 체온을 느껴야 하는데 너무 가까이 다가가면 서로의 가시에 찔려 상처를 입기 때문에 가깝지도 않고 멀지도 않은 적당한 거리를 확보하게 된다는 이야기다.

시대와 사회가 개인에게 과도하게 요구했던 어쩔 수 없는 관계 장치에 대해서 일정부분 나를 설득하는 작업도 중요하지만 상처가 될 것이 명백한 관습의 공격으로부터 자기를 보호하기 위한 방법은 개인적 영역을 확실히 하는 명확한 태도와 선 긋기에 달려 있다.

실제 대상이 있는 그리움이든 대상이 없는 그리움이든 개인의 공허한 상념 속에 존재하는 누군가를 그리워하는 마음은 나타났다가 사라지기를 반복하며 나의 보이지 않는 윤곽을 형성하게 된다. 누군가가 그립기는 한데 그리워할 누군가가 없다는 것은 내가 외로움을 느낀다는 뜻이고 심해지면 우울증이 될 수도 있다.

이제 그리운 누군가를 명확히 하라는 조언을 하고 싶다. 그리고 그 대상이 명확해졌을 때 바로 찾아 나설 용기가 필요할 테고, 그 누군가가 아무리 애써도 쉽게 떠오르지 않는다면 이제라도 그 대상을 만들 용기도 필요하다.

우리는 시대의 유목민이면서 또한 나 자신의 유목민이기도 하다. 나는 완벽히 정의된 개체가 아니기에 계속 방황하면서 나를 나답게 형성하려는 노력을 꾸준히 하게 된다. 자기를 고립되고 무거운 틀에 가두지 않고 밝고 활력 있는 곳으로 이동시키면서 행복과 안락을 찾아 마음이 움직이는 곳을 향해서 나아간다. 행복을 구성하는 관계를 지향하면서 자유가 내 안에 활짝 펼쳐지게 해야 한다. 자유의 덕목은 미움과 화가 없는 것이고, 마음이 풍요로운 것이며, 현재의 자기를 수긍하는 것이다. 그리운 것들을 모두 충족할 수는 없으며, 때로는 그 그리운 상태를 행복으로 받아들일 상황도 존재한다. 우리는 살아 있는 내내 무언가의 완성을 위해 여전히 진행 중일 것이다.

회복

*

인생에는 지름길이 없다.

자기 대면의 시간들이 가져오는 지루하고 고독하나

잔잔한 물음들에 대한 자기 답변을 마련해야

삶을 옥죄이던 속박에서 스스로 자유로워질 수 있다.

*

나무들의 밑에서 위를 올려다보면

가지들이 지도처럼 구획되어 있다.

보다 이로운 것들에 대한 우선순위를

서로 교환하는 방법이다.

나무들과 풀들뿐만이 아니라

인간도 제 역량에 맞게 자기 팔을 감각적으로 뻗게 된다.

*

나무는 바람을 예상해서 스스로를 다듬는 것이 아니라

순간의 바람에 적응해서 자기를 형성하는 것이다.

*

인생에도 궤도라는 것이 있어서 삶의 방향이

자연스럽게 자리를 잡게 되는데 이것을

일찍 발견할수록 삶은 안정화된다.

그러나 끝내 그 궤도에 안착하지 못하는

다수의 사람들은 자기가 살아온 궤적이

그 궤도를 대신하게 된다.

*

아무것도 보이지 않던 앞날이 점차

보이기 시작하고, 더 나아가서 어느 정도

확연해지게 되면 인간에게는 그때가 중년이다.

*

나이 듦을 받아들이는 것은 생의 아름다움에 대한

수긍이 아니라 시간의 윤곽에 대한 이해 때문이다.

이제 생의 모든 환상과 우연을 내려놓고

자기와 마주쳐야 하는 상황에 직면하게 된다.

*

세상의 모든 사람은 삶의 최단거리를 통해서

성공에 다다르기를 원하지만

그 최단거리는 대부분 누군가가

먼저 놓은 다리를 이용하는 것이다.

나중의 사람들은 시간이 갈수록 혜택을 보게 되지만

좁아진 길 폭을 경험하게 되는 경우도 생긴다.

*

인생이라는 것이 가장 긴요한 순간에

한꺼번에 여러개의 고통이 물려서 오면

발판을 잃은 현실이 중심을 놓쳐버리게 한다.

그럴 때는 그 칼날 같은 무거움을 버텨내는 수밖에 없다.

*

중심은 깊지만 심성이 여려서 흔들리지 않으려고

애쓰는 와중에 터져 나오는 울음은

상대방에 대한 호소보다

자기 자신에 대한 원망이 더 크게 작용하는 탓이다.

*

삶의 큰 그림이 어긋났을 때의 균열은 모든 것을

앗아가지만 생명은 그것을 견디게끔 이루어져 있다.

언젠가는 그 고통의 잔해 위에

다시 싹이 돋고 잎이 나서 서서히 회복되어 갈 것이다.

*

사람은 말을 통해서 자기를 깨닫지만

하지 못한 말 중에서도 나를 변화시키는 것이 있다.

내가 삼킨 말 중에 스스로를 지키기 위한

왜곡된 주문은 없었는지도 생각해볼 일이다.

*

현재의 고통과 맞바꾼 것이 영화로운 삶이 아니라

나 자신의 오만이었을지도 모른다.

만약 그로 인해서 깨우침을 얻었다면

그 경험을 통해 찾은 자유가 적은 것이 아니다.

*

시험에 들었음을 슬퍼할 필요는 없다.

인생에는 개별 과제가 따로 존재하고

자기 짐을 버릴 용기도 필요하지만

그로 인해 감수해야 할 것들도 있다.

*

차라리 구속된 행복이 더 낫다고

말하고 싶을 수도 있다.

행복도 스스로가 느끼는 것에 따라서 달라지는

것이라면 그 구속된 행복이 곧 자유일 터인데

마음이 열려 있지 않은 상태의 행복이란

촛불에 불과한 것이라서

짓궂은 바람 앞에 쉬이 꺼질 수 있다.

*

행복은 어쩌면 신기루 같은 것이다.

온 듯하면서도 어느새 사라지고

저 멀리서 아스라하게 나를 다시 부르고는 한다.

*

사춘기가 되면 자기의 삶에 어떤 형식적 방식을 취할 것인지 은연중에 선택하게 된다. 자기 삶의 라이프스타일을 결정하는 것이다. 이 시기에 독서가 중요한 영향을 미친다. 한 사람의 말 한 마디가 인생을 바꾸어 놓기 때문이다. 현명한 사람이 내게 말 걸어오는 경우는 드물며 내가 계속 물어서 현명한 자를 찾아내야 한다.

*

자녀는 삶의 형벌이면서 동시에 축복이다.

내가 나를 주장하는 만큼 새로운 세계를 주장하는 그들이

내가 간과한 부분들을 무기로 나를 재단하는 비판은

분명 벌이면서도 내 시야를 열어주는 선물이니까.

*

자기가 어쩔 수 없다고 생각하는 부분들이 운명을 구성한다.

그래서 성격이 운명이라고 말한다.

인생의 고통에도 반대급부가 있는데 삶의 의지이다.

고통이 과도할수록 인간은 자기를 재생산하려 든다.

결국 자기를 능가해야 하는 과제를 수행하게 된다.

*

생각이 말이 되고, 말이 행동이 되고,

행동이 습관으로, 습관이 성격으로, 성격이 운명으로

순차적으로 전이된다고 한다. 이 말에 동의한다.

세상과의
공명

울음의 기능은 정체된 감정의 해소다. 울음은 오랫동안 말하지 못하는, 말할 수 없는 사람들에게 유일한 상황의 해결책이었다. 그렇게 해서 자기를 해소하고 얽힌 매듭이 풀어지는 경험을 말 대신 담당하였다. 울음은 울분과 회한, 분노와 억울함, 두려움과 애틋함을 대신해왔지만 시간이 지나면서 그 기능이 점차 소진되어 간다. 그 기능을 이어받는 것은 이성의 냉정함인데 울고 발버둥쳐도 소용없는 세상이라면 이제 울음을 멈추고 살아갈 방법을 새롭게 찾아야 하니까. 화를 내는 것도 미련하고 소용없는 짓이라는 걸 알기에 좀 더 냉정해지자고 다짐한다.

누구나 본능적으로 자기 앞에 놓인 생의 함정들을 피하면서 살아가게 된다. 큰 화를 부를 수 있는 행동이나 말, 비의도적인 실수들을 순간적으로 막아내고 자기 생활을 지킨다. 어느 정도 세상이 보일 나이가 되어서는 앞으로 남아 있는 인생의 함정도 예측을 하게 된다. 자기를 진단하는 능력은 누구에게나 존재하고 점차 그 진단 능력이 더 치밀해지고 단점을 보완하는 방법도 깨우쳐간다. 본래의 개인적 성향으로부터 나오는 어쩔 수 없는 부분들도 있고 큰 흠이 되지 않을 정도라면 품고 가는 무딤도 세련되게 정착된다. 성격유형검사도 해보고 자기성향분석도 시도한다. 감정처리가 미숙한 부분이라든지 독단적이라든지 이유에 대한 자기이해도를 높이고 그것을 보강하는 방법도 나름 생각한다. 그렇지만 그곳에서 인생의 방향을 가늠 짓는 실마리를 찾아내는 것은 아니다. 현재 상태의 파악이 미래의 어떤 지점을 향하기 위해서는 현실이라는 두꺼운 벽을 뚫고 나가야하기에 매번 몸으로 부딪치지만 너무나 견고한 그 벽이 얕은 지식으로 뚫릴 리는 만무하다.

나와 세상을 모두 알아간다고 해도 여전히 보이지 않는 부분들은 넓게 펼쳐져 있다. 지치고 피곤한 자리에는 마지못한 수긍과 회한과 포기와 감내가 고여 있게 된다. 어쩌면 그걸 가능하게 만들려고 나이를 들게 하는 것인지도 모른다는 생각도 하게 된다.

그래도 살아가게 되는 모든 순간마다 지켜져야 하는 생명에 대한 존중과 나 자신에 대한 의무로 계속 힘을 내어 걸어가게 된다. 살아감의 이유를 확인하고 싶은 것이 곧 살아감의 이유가 된다. 내가 느낄 수 있고 느껴야 하는 수많은 감정과 긍정적 정서들이 아직도 많은 날들 속에 나를 기다리고 있을 테니까 기어이 내 몫의 삶을 끝까지 완주해보고 싶다는 오기도 생겨난다.

그러려면 삶에서 어떻게 하면 에너지를 회복하고 시간 낭비를 줄이고 인생의 방향을 제대로 잡아서 내 삶이 완결되는 그날까지 어떤 경지를 향해 꾸준히 나아갈 수 있을까에 대한 고민을 하게 된다. 욕심을 버리는 것만으로는 부족하다. 욕심이라는 것이 어떤 수준을 벗어나 있는 과도한 것을 말하는데 현재를 긍정적으로 살아내는 것 자체가 욕심이겠는가. 시간이 많지 않으므로 지체될 수 없는 성질의 근본적인 문제들을 해결하기 위해 필요한 도구는 결국 성실함과 몇몇의 반짝이는 지혜와 용기뿐이다.

어떤 문제에 깊이 천착하다 보면 최소한의 방법들이 특정된다. 나를 변화시킬 수는 있어도 근본적인 부분들은 그대로 인정하고 받아들이며 앞으로 나아가기에 몇 가지 새로운 방법들이 자기동일성을 해치는 일은 없다. 큰 실수를 하지 않는다면 인생은 최소한의 배경을 바탕으로 횡보하게 되는데 가족과 친구와 자존감이 나를 버티게 해준다. 내가 생각해 낸 방법들이 어떤 결과를 가져오려면 내가 뛰어넘을 수 있는 부분과 그렇지 못한 부분들의 견고한 경계에서 용기를 내야 한다. 망설임도 있고 스스로의 부족함에 대한 좌절도 경험하는데 이를 극복해야 한 발을 더 나아갈 수 있다. 행동을 지체시키는 생각을 멈춤으로써 나를 자극하는 몇 가지의 성공경험이 나를 이끈다. 나를 견인하는 마중물은 나에게서 나오는 것이지 어떤 특정인을 통해서 이루어지는 게 아니라서 자기 경험들이 큰 역할을 한다.

최선을 다한 인생이라고 결과가 항상 좋은 것은 아니라는 걸 알지만 그래도 내게 주어지는 시간들과 급부들은 언제나 열악하며 한숨을 쉬게 만든다. 최선이라는 것은 어떤 조건 내에서 내게 감지되는 방식들을 통하여 정해진 시간 내에 최고의 열정을 쏟아붓는 것인데 최선을 다하지 않은 순간들이 별로 없기 때문에 그 결과를 받아들이는 데 애를 먹는다. 누구나 최선을 다해 살지만 성공하는 사람들은 일부이기에 현실을 인정하기보다는 그 현실을 있게 한 조악한 사회구조에 최소한의 변화를 요구하게 된다. 불합리한 부분들이 조금씩 개선되더라도 내가 그 혜택을 볼 가능성이 없는 것은 시간이 나를 또 다른 현실로 이동시키기 때문이다. 나는 다른 문제들에 봉착하게 되고 새로운 도전을 이어가야 한다.

우리는 성공의 대열에 합류하지 못한 사람을 낙오자라고 부른다. 자기 뜻대로의 삶의 기준에 미달한 경우 스스로를 실패자라고 폄훼한다. 급기야 이 사회를 회생 불가능한 사회라고 단정 짓기도 한다. 모든 지적은 새로운 가능성을 고려한 조언이지 실패의 선언이 아니기에 사회에도 나름의 자기변명의 기회가 주어져야 한다는 데에도 동의한다. 그렇다고 해도 이 답답한 현실이 바뀌는 일이 좀체 없기에 책임의 전가조차 여의치 않게 되면 좌절에 빠진다. 남의 탓 문화, 열등의식, 피해자 코스프레, 과잉방어나 비대칭적인 고소 고발 분위기가 만연해 있는 이유도 큰 목소리가 유리한 척도로 작용하는 현상을 선점하겠다는 뜻이다. 나 또한 공정의 대상이 되기에 공정한 나를 최후의 자존심으로 생각한다.

두드려 맞더라도 포기하지 말고 앞으로 더 나아가야 그곳에 원하는 것이 있을 거라는 조언을 반복해서 주지시키기에 불편한 것은 지금도 이미 충분히 멀리 와 있기 때문이다. 그러나 배움을 그치거나 앞으로 나아가기를 주저하면 삶은 그곳에서 일단락된다. 이제는 어떤 특정한 결과를 위하여 진행하기보다 그 진행 자체가 특정한 결과임을 받아들여야 할 상황이 된 것이다. 성공하지 못했다고 실패한 인생은 아니다. 한 번뿐인 인생의 특정한 영역에서 빛나는 성과를 이뤄낸 이들도 많지만 기회를 잡지 못하고 평범하게 살아왔던 사람들이 대부분이다. 그러나 가능하다면 체력이 다하는 날까지 끝까지 자기 자신의 운명에 저항하고 나 자신에 대해 투쟁하기를 요구한다.

포기란 미래의 수익에 대한 포기라고 생각하는 경향이 있는데 오히려 지금까지 노력해온 상태의 포기가 되어 지금보다 더 안 좋은 상황에 이르게 될 수도 있다. 패배의식에 사로잡혀 자기를 동정하고 가엽게 여겨 누군가를 원망하거나 도움을 바라고 있다면 그것으로 모든 것이 끝난다.

희망을 계속 추구해야 한다. 새로운 일을 만들고 그걸 해결해가는 과정에서 에너지가 생겨나기에 끊임없이 새로워져야 나의 시간도 늘어난다. 충분히 준비되지 않은 상태의 미래가 행복이 아니란 걸 알더라도 결국 우리는 자기 몫의 삶을 완수해야 할 책임이 있기에 부단히 움직임으

로써 하나뿐인 자기 삶에 민폐를 끼치지 않을 수 있다. 삶은 권리이면서
도 의무이다.

　인생 최고의 순간이 따로 필요한 것이 아니다. 가장 행복해야 할 순간
이 어딘가에 개별적으로 존재하는 것도 아니다. 죽음의 과정에 특별한
경험이 요구되는 것도 아니다. 본능을 좇아서 규칙을 만드는 순간이 의
지의 거룩한 추인을 이끄는 것도 아니다. 우리가 인생을 살아가면서 진
행시킨 대부분의 피나는 노력에도 불구하고 삶은 평상시 먹고 마시고 말
하고 즐기는 방식을 벗어나지 않는다. 삶은 매 순간 존재했던 방식으로
존재한다.

　어떤 성공적인 인생도 재물이나 명예의 취득이 삶의 향방을 가늠 짓는
것은 아니다. 오늘 하루 책을 한 권 읽었다면 그 독서의 순간들이 행복한
것이고 현실의 즐거움을 이미 만끽하고 있다고 해석해야 한다. 무의미한
기다림이 의미를 가지기 위한 미래의 열매는 오늘의 공허를 보상할 수
없다. 노력이 즐거움이고 그 자체가 전부라는 얘기도 아니다. 언제나 최
선을 다하거나 오늘 이 순간을 즐기라는 얘기도 아니다.

　자신을 증명하고자 하면 그 증명의 어느 선상에서 시간은 소중한 것을
우리에게서 앗아가기도 한다. 가치는 대기로 낱낱이 흩어지고 고통의 열

매는 경직되어 볼품없어지며 결국 무엇을 증명하려했는지조차 잊게 만들 수도 있다. 그래서 이타적인 희망을 필요로 한다. 그 결과를 장담할 수 없다고 해도, 희망만으로 만족해야 할지라도, 언젠가 맥없이 사라질 수 있다는 것을 안다고 해도.

미래의 나와 오늘의 나는 나뉜 적이 없다. 생의 진실들은 순식간에 지나가 가둘 수가 없으며 기억의 흔적 속에서 음미될 뿐이다. 목적을 가진 것은 본래의 이름이 아니며 그곳에 이를 수도 없다. 같은 계가 아니기 때문이다. 그걸 섞어서 사용하는 것이 존재자의 모습일지라도 말이다.

의식의 제국은 의식 속에서 존재하나 남는 것은 선한 행위와 만족감에 대한 자기 위로, 그리고 그 초극의 여운. 삶을 긍정하되 그 긍정의 세계를 오늘로 받아들일 숙성된 시간들의 계속됨을 만끽하라는 것, 한 순간의 삶도 자기 자신에게 진실할 것, 희망과 신뢰를 통해 삶의 충만함을 잃지 않고 세상과의 공명을 이루는 것, 그리고 사랑을 완성하는 것. 잎이 무성한 나무 밑의 흙이 메마르지 않은 촉촉함으로 언제나 살아 숨 쉬듯이.

오늘의
사전

후회-나와 나의 차이 속에 존재하는 어리석음

사랑-한 번 이상 찾아오면 그중 한 번은 아파야 하는 것

행복-자기를 즐거운 사람 취급하는 것

꿈-미래에 물주기

현실-자갈길 위에서 맨발로 걷기

잔소리-처음에는 심장이 덜컹거리다가 나중에는 아무렇지도 않은 것

미래-책임감 내에서만 존재하는 선물

고독-자신을 겸허하게 하는 것

위안-작은 고마움

그리움—이어져 있지만 닿지 않는 것

미움—자기를 학대하는 마음

믿음—자기 자신에게 공감하는 것

수다—자기를 소진하면서 채우는 행위

집착—자기를 작은 항아리 속에 가두는 것

배려—활짝 웃는 것

절망—고독의 맨 아래 침전물

인간—영리한 선택 때문에 결국 어리석게 되는 동물

정신—물질의 속성이 운동을 통해 나타나는 것

진실—가끔은 외면하고 싶은 것

책—그리스인 조르바가 사랑을 갉아먹는다는 타락의 도구

마음—없으면 편하지만 그게 안 되니 가끔 절제가 요구되는 것

부끄러움—자기 자신에 대한 용서의 기회

인내—적극적인 기다림

희망—자기를 실현할 수 있다는 기대

소립자—물리적 희망을 가질 수 있는 최소 물질

돈—너무 많아도 너무 적어도 불행한 것

전화—용건만 간단히 해야 한다는 규칙이 무너진 기계

고양이—내 꿈을 꿀 것 같은 귀족

자유—규칙이 없는 것은 외로울 뿐

기회—포기의 순간 찾아오는 것

게으름—조금 늦게 시작하기

노인老人—소선小仙

베개—배우자보다 가까운 것

관용—괘씸하지만 넓게 보고 끌어안는 것

참외—희망의 맛

자두—첫사랑의 맛

회복—가려움

조각—재질이 단단해야 쓸모 있는 것

욕심—넘치면 기우는 것

책임—살아서 응답해야 하는 것

인식—열면 지혜로워지고 열지 않으면 편안한 상자

방황—합리적인 의식 진행 상황

관성—주는 만큼 받게 되는 것

성숙—치사한 상황의 극복 경험

미소—무엇이든 주고 싶은 것

미련—소용없는 것 속에 존재하는 시간

친구—삶의 적극적인 배양

방—인생의 가장 친근한 무대

꽃—언젠가 잎이었던 부분

절제—조금 부족한 상태를 유지하려는 노력

배우자—사랑이 증오로 바뀌었다가 끝내 다시 사랑으로 환원되는 존재

예술—인간의 삶과 자연의 조화

마루—바람이 잠시 쉬었다가 가는 곳

관심—삶의 징검다리

호기심—좋은 것과 나쁜 것

아쉬움—모든 감정의 시발점

손가락—고귀한 상념

기도—인생의 과업이 성공을 향하기를

과일—직접 따서 먹어야 제 맛이 나는 열매

사랑은
조금
뻔뻔해지는
것이다

우리가 중요한 지점에서 말하기를 두려워하는 이유는 제대로 말하기에 익숙해져 있지 않기 때문이다. 평소에 말을 잘 하는 사람이라도 혹시 불이익을 받지 않을까 하는 두려움에 말을 아끼는 일도 잦다. 말 한 마디 잘못했다가 아버지에게 꾸중 듣고 선생님에게 야단맞았던, 강압적인 사회분위기와 토론 부재의 문화도 한몫을 한다. 지금도 일부 직장에서는 포장만 그럴듯한 평등인 상명하복의 기강이 존재하고 있으며 동등한 발언권을 요구하기가 쉽지 않다. 말은 많이 하는 것이 좋은 것이 아니라 제대로 하는 것이 필요하다.

일은 아귀가 중요하다. 열악한 상황에서도 아귀가 맞춰져 있는 조건이라면 열심히 하기만 하면 되지만 조건을 만드는 과정이 오랜 시간을 소비하게 만든다. 그래서 순서를 정해서 한 발씩 나아가는 것이다. 말의 조건은 그 쓰임새이다. 적정한 상황에서 아귀가 맞는 말이 주목을 받는 이유이다.

나서야 할 때 나서지 못했던 경험은 누구나 가지고 있는 후회의 현장이고, 계속 반복해서 자기를 괴롭히는 원인들인 경우가 많다. 나서기를 두려워하는 이유는 굳이 나서서 이득 볼 것도 없고 오히려 실수가 되는 상황을 여러 차례 겪어봤기 때문이다. 그러나 한편으로 부끄러움을 무릅쓰고 한 발 나섰던 일이 의외의 좋은 결과를 가져오는 일도 많다.

　일과 사랑의 진행 상황에서 정체된 나를 앞으로 나서게 하는 유인은 결과에 대한 확신과 신뢰를 통한 마음의 결정이지만 순간적인 진취적인 태도가 나도 모르게 나를 앞서게 한다. 우리가 용기라고 부르는 씩씩함이다. 내가 용기를 내기 이전의 내적 갈등을 사람들은 알지 못하며 기억하지도 않는다. 나의 행동만이 그들에게 보이고 각인되며 마음을 사로잡는다. 내가 용기를 낼 것을 응원하는 목소리는 그들 또한 갈등과정이 존재했기에 나에게 박수를 보내는 것이다. 내가 용기를 내기를 바라며 초조하게 기다리는 누군가가 존재하지 않을 수도 있지만 다른 사람이 생각하지 못하는 나만의 특유한 배경을 통한 조건은 있을 수 있다. 며칠을 고민했는데 자고 일어나서 출근했더니 상황들이 적절하게 안착해서 진행되고 있는 경험을 가지고 있는 것은 일의 실마리에 해당되는 영역이 다른 누군가에게도 중요했기 때문이다. 그래서 조금씩 그 일의 해결을 배분해서 생기는 현상이다. 내가 생각했던 방향이 아닌 것은 여러 사람의 의도와 생각들이 모여 새로운 방법들로 틀을 잡았기 때문이다.

　내 작은 의견 개진이 전체 일의 진행에 큰 몫을 하는 경우도 있다. 일의 전체 윤곽이 뚜렷하게 확정되지 않은 상황에서의 작은 아이디어는 큰 흐름을 주도하는 동력이 될 수 있다. 어떤 특정한 상대방이 내 말에 귀를 기울인 이유는 그에게 중요한 부분을 내가 건드렸기 때문일 것이다.

용기는 최초의 행위이기 때문에 용기라고 부르는 것이므로 당연히 망설임이 동반된다. 이미 실효성이 입증된 말이나 행동은 하나의 지식에 불과하다. 거기에는 배움이나 경험이 필요한 것이지 시의적절한 용기가 필요한 것이 아니다. 꼭 필요한 상황인데도 침묵하고 있는 사람은 고집이 센 사람이거나 무언가를 숨기고 있는 사람이다. 그것이 진일보한 논의이기 때문에 기회를 엿보고 있는 것이라면 이해가 가능하지만 자기 역할에 직면해서도 입을 다물고 있는 태도가 좋게 보일 리는 없다. 누구에게든 잘 맞춰주는 사람에 대해서는 신뢰가 높지 않는 이유와 마찬가지로 무엇이든 침묵으로 일관하는 사람도 계속적인 믿음을 얻지 못한다.

인간은 자기의 모든 말에 무한책임을 질 수 있을 정도로 오래 살지는 못한다. 때로는 실수도 하게 된다. 고집을 부리다가 낭패를 경험하기도 한다. 긴요한 지점에서의 실수가 아니기를 바라지만 인생은 알 수 없는 노릇이고 내가 갈고닦아온 현재를 믿을 뿐이다. 물론 어쩌다가 결정적인 실수가 들어선 자리에 남는 회한은 이미 나의 것이 아니다. 자기의 말을 모두 소화할 수 있는 인간의 죽음은 완전한 것이므로 그는 죽음으로써 완벽하게 자유롭다고 말할 수 있을 것이다. 그러나 그런 죽음은 흔치 않을 뿐더러 오히려 자기 부정으로 향하는 경우도 수없이 많다. 가급적이면 내가 책임질 수 있는 범위 내에서의 실수이기를 바라고, 그 또한 바로 회복될 수 있는 종류의 것이기를 원한다.

말실수를 하지 않을 훈련이 어느 정도는 필요하다. 중요한 자리에서는 선별된 단어와 살짝 긴장감 있는 태도가 신뢰를 높게 되는데 상대방은 이를 통해 존중을 받는다고 느끼게 된다. 평소의 편한 상대방에게도 이 작은 배려가 오히려 나를 지키게 된다.

삶의 모든 현장에서 언제나 긴장해 있을 수는 없다. 그런데 그 긴장의 해소가 과도하면 좋지 않은 일이 벌어진다. 자기관리가 안 되어 있다는 신호가 나타난다.

스트레스를 얼마나 효과적으로 해결하는가에 따라서 삶의 모습이 달라진다. 인생은 결국 지구력 싸움인데 자기를 버텨내지 못하고 중도에서 자기를 내려놓는 일이 발생한다. 삶의 출로들을 막고 있는 스트레스로 인해서 엉뚱한 말실수를 하고 망연자실하게 된다. 일과 사랑의 진행 과정에서의 가능성이 스트레스를 해소시킬 수 있는 토대지만 그게 여의치 않더라도 자기를 환기시키기 위한 장치들을 이곳저곳에 틈틈이 마련해 둘 필요가 있다. 일이 풀리지 않는데 무슨 마음의 여유가 있느냐고 하기보다 반보 후퇴한다는 심정으로 마음이 움직일 수 있는 통로를 만들어야 한다. 나뭇가지 위에 떨어진 낙엽들이 잔뜩 쌓여 있으면 그 가지는 바람에 부러지게 된다. 사람도 이와 같아서 바람이 지나가는 통로들을 열어놓아야 내가 나를 다치게 하지 않는다. 가야 할 길은 먼데 자기 발에 걸려 스스로 넘어지는 일이 없어야 한다.

감정이 과도하지 않게 조절하는 것도 필요하다. 자기 말의 중요성을 강조하다가 하지 말아야 될 말을 해놓고 자책하기도 한다. 비유의 예를 꺼내들 때는 그 단어가 내포하고 있는 정서를 재차 확인할 필요가 있다.

삶은 정해진 조건에서 새로운 루트들을 찾아나서는 여행이다. 꽉 막혀 있는 틀 속에서 좌충우돌하다가 스스로 지쳐서 포기하는 일이 다반사이다. 좀체 틈을 허락하지 않는 현실에서 강한 욕동으로 현재를 밀어 올리려는 시도는 우울한 그늘을 드리우고 만다. 비워야 할 때와 채워야 할 때를 능숙하게 조절함으로써 나 자신의 유목민으로서의 태도를 견지한다. 강약조절을 잘해야 한다는 뜻이지만 삶에는 고수가 따로 없다. 바둑이나 운동 등은 정해진 룰 내에서 상대와의 격차를 벌려서 최고의 성적을 내는 것이다. 그런데 인생의 룰은 너무 많아서 다 지키며 나아가기가 힘들다. 보다 중요한 것을 지키려다 지금은 덜 중요하다고 생각되지만 훗날 훨씬 소중한 것을 잃게 되기도 한다. 세상의 룰과 나의 룰이 충돌하여 본의 아니게 삶의 시간을 아깝게 소모하기도 한다. 게다가 최근에는 룰 자체가 이리저리 바뀌는 현상도 겪고 있다. 나에게 필요한 것을 필요한 만큼 행하고 필요한 만큼 얻는 룰을 스스로 만들어서 주어진 시간을 짜임새 있게 살아가는 지혜는 우선순위에 대한 선택에 달려 있다. 무엇이 더 중요한지는 내가 무엇을 원하는가에 따라 달라진다. 다른 사람들에게 해를 입히지 않으면서 사회에 보탬이 되는 조건이라면 충분할 것이다.

'쪽팔린다.'는 표현의 쪽이란 얼굴을 말하기에 원래의 어원은 얼굴 팔린다는 뜻이다. 비속어로 분류되어 점잖은 자리에서는 사용하지 않고 보통은 부끄러워 낯을 들기 민망할 때 은연중에 사용하게 된다. 실수를 거짓말로 모면한 것이 들통나서 얼굴이 화끈거릴 때 이 표현을 쓰는 이유도 그런 사정들이 종합된 결과이다. 자기 성향에 따라서 사람들 앞에 나서는 것을 좋아하는 사람도 있고 낯을 많이 가려 필요할 때 이외는 조용한 것을 즐기는 사람도 있다. 세상일이란 것이 나서야 할 때는 과감히 나서야 하는 경우가 많기 때문에 낯가림이 적은 사람이 일이나 사랑에서 성공할 확률이 높은 것도 사실이다. 유명인들은 모두 쪽팔리는 사람들이다. 그리고 많이 쪽팔릴수록 더 유명한 사람이 된다. 얼굴이 너무 두꺼워 더러 나쁜 쪽으로 이를 악용하는 사람들도 있지만 대부분 자기 책임 내에서의 말과 행동으로 착실하게 삶을 이루는 과정을 밟는다.

가끔은 내가 조금 낯이 두꺼운 사람이었으면 하고 바랄 때가 있다. 해야 될 말을 적정한 순간에 나서서 제대로 설명하고자 하면 핑곗거리가 우선 생각나게 된다. 모두 아는 이야기인데 내가 굳이 나설 필요가 있냐든지 조건이 갖춰지지 않은 상황에서의 마음의 전달이란 일을 더 꼬이게 만들 수도 있다든지 하는 것들이다. 그리고 지나고 나서 후회하는 일이 종종 발생한다. 중요한 순간이었을 경우 그 시간은 다시 돌아오지 못한다는 것을 알면서도 말을 미루는 버릇을 고치는 방법은 조금 뻔뻔해지는 것이다. 두려움을 극복하는 방법은 결과에 신경 쓰지 않고 지금의 내 판단을 즐기는 것이다. 그것을 다른 말로 용감한 거라고 표현하기도 한다.

의미가
가치다

*

시간이 많지 않다는 것은 내가 가정하고 있는

의미가 충분히 숙성되고 완성되기에 부족하다는

나의 문제일 뿐이지 시간 자체는 균일하다.

*

인간의 가정 속에는 다양한 내용이 포함되어 있는데

그중에서 가장 그럴듯한 것을 골라내서

포장하는 작업이 의미의 부여이다.

*

의미는 현재보다 대부분 늦게 나타난다.

미리 상정한 의미를 쫓아가는 삶은

그 내용을 채우기 위해서 즉시적인 자기를

희생시켜야 하는데

이것은 인간에게 큰 단점이다.

*

현실의 의미는 근사치로만 나타나게 되는데

진짜 의미는 그것을 깨닫는 순간 왜곡되기 때문이다.

*

인간의 이성은 의미를 꿰어 맞춘다.

꿈을 깨고 나서 그것을 복기하는 과정에서

나타나는 실제 꿈과의 차이와 같은 양상이다.

언어 또한 이러한 경로를 통해서

확인되고 전달되며 재해석된다.

*

인간은 시간을 사는 것이 아니며

현실들의 이어짐이 시간을 대상화할 뿐인데

존재에게 과거를 기억하게 함으로써

미래를 대비하게 만드는 기능이 시간의 참 모습이다.

인간이 사는 것은 언제나 지금이며

순간의 드러나지 않는 의미이다.

*

내 인생의 교훈 모두를 나에게 적용할 수 없다.

이미 그 기회가 지나갔기 때문이다.

그래서 인생 선배들의 교훈을 많이 받아들여야 한다.

*

인생에서 별것 아니라고 생각했던 몇몇의 조건은 고통 속에서 얻게 된다. 이것이 인생의 이치라는 사실을 쉽게 얘기할 그 당시는 모른다. 가장 약해 보이는 것이 가장 강한 것일 수 있으므로 무엇이든 진중하게 받아들여야 한다. 약한 것은 자기를 방어하기 위한 무기가 필히 존재하기 때문에 인생도 별것 아닌 것처럼 보이는 조건이 나를 가혹하게 대하는 것이다.

*

현재의 만족은 희망의 연료이기도 하다.

불만족을 그 연료로 사용하는 사람들의 표정은

얼굴에 활력이 사라지고 그늘이 드리워져 있다.

*

간파당함을 막기 위한 여러 가지 장치,

인상 쓰기, 무표정, 고개 숙임 등

자기다움을 가로막는 은연중의 행위들은

개인이 무엇을 느끼든 그는 세계를 잃어버리는 것과

마찬가지로 자기 자신도 잃어버린다.

*

간파당함은 세계-내-존재의

필연적인 아픔이다.

*

관계는 오히려 일부러 간파당하기에 가깝다.

자기를 내보여 상대를 설득하고

공감을 얻어내는 일이 관계의 핵심이다.

*

나를 내주지 않으면 상대방도 자기를 보여주지 않는다.

게다가 살짝 낯설게 간파당하기가

자기의 매력을 배가시키는 기술이 되기도 한다.

*

모든 관계가 나를 행복으로 향하게 하지는 않는다.

관계 자체가 어떤 면에서는 주체의 확장이면서도

그 양보이기 때문이다.

*

극단적인 경우 주체는 관계를 통해서 희생되기도 한다.

이럴 때 개인의 자유는 극히 제한되고

왜소해지기 때문에 그것을 보호하기 위해서

단절을 선택할 수도 있다.

*

관계에 너무 얽매이지 않고 적당한 거리를 유지함으로써

혹시라도 겪게 될 나의 희생을 최소화시킨다.

*

사랑과 자유는 대체제가 아니라 보완재에 가까운데

현실에서는 능동적으로 그 사랑에 참여함으로써

자기 자유를 일정 부분 자제하는 형태를 취하기에

사랑의 경험이 별로 없는 사람들에게

사랑과 자유 둘 중 하나여야 한다고 착각을 일으키게 한다.

*

우리는 사랑에 속아서 우는 것이 아니라

이해관계에서 파생되는 개인적 영역에 대한

몰이해 때문에 울게 되는 것이다.

*

우리가 사랑을 통해서 인생을 배우게 된다고

얘기하는 첫째 이유는 자유의 자리와

사랑의 자리의 구분에 미숙하기 때문이다.

*

시간에 쫓기는 자는 지체된 시간만큼

저축해놓은 시간을 까먹는 것이다.

그러나 보폭을 조금 느리게 잡으면

삶의 시간도 천천히 흐르게 된다.

*

사랑을 알아야 인생을 안다는 말을 거꾸로 말하면

사랑을 모르면 인생을 모른다는 뜻이다.

그러나 사랑이든 인생이든 온전하게 아는 것은 불가능하다.

*

영원한 행복은 없다. 행복은 일시적이며

그것을 연장하기 위한 노력들이

삶을 윤택하게 한다.

사랑 있음과
사랑 없음
사이

사랑을 계속 추구하는 사람들이 그렇지 않은 사람들보다 더 오래 산다는 통계가 나온다. 사랑의 과정에는 에너지 소비가 많지만 그 사랑을 통하여 에너지를 보충하고 있다는 뜻이다. 게다가 소비하는 에너지보다 충족하는 에너지가 더 많기에 몸의 활력을 유지하는 역할을 한다. 아무 것도 하지 않는 사람이 스트레스가 적어 건강할 것 같지만 실상은 부단히 움직이며 자기를 확보하고자 노력하는 사람이 더 건강하게 된다. 몸의 각 기관도 어느 정도까지는 사용해줘야 그 효용이 유지된다. 물론 너무 과도한 사용은 부작용이 있어서 자기의 역량 내에서 활동을 해야 하는 것이 맞다. 사랑에도 이런 논리가 그대로 적용될 것이다. 너무 절절하게 사랑하여 몸이 망가지게 되는 경우를 영화에서 본 적은 있지만 현실에서 느끼기는 어렵다. 사랑에 목을 매는 빈도가 예전보다 줄어들어서일까. 사랑이 점차 우리 주변에서 멀어져가는 이유는 무엇일까.

우리는 과거를 잊기 위해 앞으로 나아가든지 아니면 부족한 과거를 교정하거나 두텁게 하기 위해 전진한다. 과거들이 쌓여서 현재를 구성하게 된다. 그런데 삶의 경험들이 많이 쌓이다 보면 과거들과 완벽하게 분리되어 있는 심상을 찾기가 어렵고, 그래서 과거에 물들지 않은 전혀 새로운 곳을 두리번거리게 된다. 사랑의 감정이라는 것은 사랑을 하지 않는 사람이라도 그것을 미리 읽어낼 수 있기 때문에 간접 체험되기도 하며, 지난 사랑이 누적되어 전반적인 이해를 동반하는 감각이 쌓이게 된다. 사랑에도 여러 잣대를 들이밀 수 있는 시야가 확보되면 오히려 사랑에 빠지는 것을 주저하게 되는 원인이 된다. 실패하지 않을 사랑을 찾는 것은 나를 즉흥적으로 내던지는 모험을 감수하지 않겠다는 뜻이다.

인간은 모순덩어리지만 모순인 자기를 미화하지 않고 다양한 각도에서 바라봄으로써 의미를 만들고 삶의 지평을 넓히는데, 때로는 그 모순이 나를 지키는 힘이 되기도 한다. 자기를 싫어하면서도 사랑하는 것, 사랑이 지나가고 나서야 깨닫는 것, 나이가 들고 나서야 청춘을 그리워하는 것, 굳이 잘못하지 않아도 되는 것을 잘못해놓고 반성하는 것들도 모순의 일종이다. 그 모순을 만들어놓고 그것을 견디고 해소하려는 몸부림이 삶을 구성한다. 이 파렴치한 자가당착에서 우리는 헤어나지를 못한다. 존재하는 시간을 채우는 방법은 일과 문제를 만들고 그것을 해결하는 과정을 밟음으로써 그 속에서 자기를 확인하고 새롭게 구성하는 것이다.

삶의 지혜를 진작 알고 있었더라면 하고 바라지만 정작 알았다고 해도 실천하지는 못했을 것이다. 인류의 종이란 이미 집단무의식 속에서 수많은 종류의 정보가 누적되어 있어 본능적으로 사회에서 자기를 존립시킬 수 있는 근거를 찾을 수 있는데도 외면하는 일이 잦다. 보다 현실적인 부분들이 눈앞에서 펼쳐지고 있기 때문에 지혜는 후순위로 미루는 버릇을 들였다. 언제든 끄집어낼 수 있는 지혜를 헉헉대며 찾아다닌다. 그가 지혜를 요구하는 것은 지혜로운 자가 되기 위해서가 아니라 현실의 모순을 뛰어넘지 못하는 자기를 숨기고 싶기 때문이다. 그는 지혜 뒤에 숨고자 할 뿐이기에 지혜를 찾을 수 없다. 그리고 이미 그것을 찾지 않고자 마음 먹고 있는 것이다.

차라리 우왕좌왕하면서 생각하지 않고 본능적으로 하는 행동이 고민거리를 덜어준다. 그 '생각 없음'이 삶의 명확성을 보여준다. 후회할 일도 없고 슬플 일도 없다. 고민하고 생각하지 않았기에 아쉬울 것도 없다. 이런 초인 같은 삶을 우리는 한편에서 꿈꾸고 있음으로써 자기와의 타협이 쉽지 않다. 그리고는 결정에 빠진다. 나를 주도면밀하게 가꾸어서 정해진 행복을 위해 맞추어가든지, 아니면 그냥 마음 가는대로 행동하여 그 책임을 지고 살든지 고민하는 것이다. 어쩌면 될 대로 되라는 상념도 떠오른다.

계속해서 생각에 잠겨 고독 속에서 무언가를 끄집어내려고 애쓴다. 아무것도 없다는 것을 알면서도 휘저어보고 쓰다듬어보고 찔러본다. 우리는 모순이 필요하기 때문에 그 고독 속의 상처를 흔쾌히 수용한다. 상처를 만들어놓고 그 고통을 견디는 것을 즐겨왔기 때문이다.

고통이 없으면 행복을 느끼지 못하는 이유는 자기의 스토리가 그곳에서 만들어지는 탓이다. 삶의 밋밋함을 상처내서 조각하고 다듬어서 기어이 그럴듯한 나를 만들어낸다. 내가 나이기 위해서 치러야 하는 시험에는 나의 부숨이 필히 존재한다. 부서뜨리고 조각내서 언젠가 그럴듯하게 다시 짜 맞춰서 형상을 만들고 일부는 윤기 있게 손질한다. 그 파괴와 재구성의 스토리 뒤에 숨는 행위는 인간이 가지고 있는 축조의 본성 때문이다. 만들고 부수고 다시 결합시켜 새로운 형태로 재탄생시키는 타고난 본능이 자기 자신에게도 미친다.

인간이 추구하는 수많은 재미중에는 갈등의 재미도 포함되어 있다. 갈등과정의 힘겨운 고독에서 카타르시스를 경험하기도 한다. 그래서 시간의 속성인 선택은 인간에게는 즐길 거리가 된다. 아주 사소한 순간에서조차 인간은 자기를 조각하는 즐거움을 찾으며 그것을 또한 고통으로 인식한다. 뭔가를 해야 하는 과제를 짊어짐으로써 목표를 찾고 삶의 방향을 설정하고 급기야 시간을 급격히 소비하면서 자기를 수놓는 것이다.

만약 사랑에 대해 사랑하지 않을 자유도 포함시킨다면 사랑하지 않는 만큼 사랑에서 멀어지는 것이기 때문에 무언가를 이루고자 하는 본능조차 위배해야 한다. 나를 지키는 것이 급선무이기에 사랑조차 외면하고 때로는 도망치지만 그 선택이 즐거울 리는 없다.

사랑할 자유와 사랑하지 않을 자유는 서로를 위배함으로써 양립하는 것이 아니라 서로를 보강함으로써 사랑이라는 영역을 키운다. 사랑하지 않을 자유는 사랑 내에서 이루어진다. 사랑이라는 이름을 빌려 쓰는 이상 사랑으로부터 도피함으로써 사랑에 빚지는 행위가 된다. 사랑을 언젠가는 되갚아야 하기 때문에 사랑하지 못하는 자기 자신에게 미안한 마음을 갖게 되고, 그것은 죄책감으로 연결된다. 사랑을 통해 나를 조각하고자 하는 욕구를 거슬렀기 때문에 나는 나 자신에게 떳떳하지 못한 사람이 된다. 사랑을 외면한 자의 죽음이 평화로울 수 없는 것은 그 부채의식 때문이다.

지나고 나서야 사랑이었음을 깨닫는 행위는 모순이지만 '사랑 없음'의 형태가 존재해야 '사랑 있음'이 확인되는 전형적인 자기 은폐 행위이다. 이미 사랑 없음이 병이 되어 고독 속에 침잠하게 될 것을 알면서도 사랑을 저버리는 것이기에 그는 자기 행위를 무겁게 받아들일 준비를 하고 있다. 죄를 지었기 때문에 벌을 받을 각오를 한다. 그 과정이 순탄하게 이루어지도록 그는 고독 속에 숨는다. 그는 자책을 통해 죄책감을 덜고자 한다. 그러나 고독은 그를 튕겨낸다. 진심어린 반성이 아니기 때문이다. 그는 고독과 고독 아닌 것 사이, 사랑과 사랑 아닌 것 사이에서 주변인으로 떠돌아야 한다. 그는 그 고통을 즐기고자 하지만 여의치가 않은 것은 나의 진심을 추인해줄 상대방이 없기 때문이다. 결국 고통을 견디고자 몸부림칠 수밖에 없게 되고 나는 나의 이방인이 된다.

사랑을 다시 찾아 나섬으로써 그는 겨우 자기와의 합일을 이루게 되는데 그 흔적이 고스란히 집적되어 상처로 남는다. 그는 과묵해짐으로써 상처를 숨기지만 이미 상처 있는 자가 되어 자기가 잃어버린 것의 징표를 갖게 된다. 고독은 그에게 상주하게 되고 그를 마지못해 받아준다. 그래서 고독과 사랑을 반복해서 오갈 수 있으며 고독 속에서 사랑을, 사랑 속에서 고독을 끄집어낼 수 있게 된다. 사랑의 고통과 고독의 환희를 경험하면서 그는 무거워진다.

사랑이 영글어갈 때 그 진행 방향이 맘에 들지 않아서 바로잡고자 애쓰는 과정이 갈등으로 나타나는데 그 스토리를 끝까지 완성하지 않고 도피하는 비율이 늘어나는 것은 자기를 사랑하지 않아서가 아니라 오히려 과도하게 사랑해서이다. 아직 나 이외의 누군가를 사랑할 준비가 안 되어 있는 것이다. 이때에도 사랑의 완성이 가져올 사랑 있음의 크기가 자기의 전체 사랑에는 영향을 미치지 않기 때문에 사랑을 게임하듯이 할 수 있다. 사랑을 언제든지 생성할 수 있는 것으로 간주하기 때문에 사랑에 목말라하지 않는다. 사랑에 시기가 따로 있는 것은 아니지만 사랑을 시작할 나이 이후로부터 일정 시기 내에서의 사랑이 최고조로 집적될 수 있게 진화해온 탓에 사랑의 몰입도는 다르다. 사랑을 소비하고 나면 몰두할 수 있는 남아 있는 사랑이 한정되어 있다는 생각도 이때 하게 된다.

애틋한 사랑일지라도 그 완성의 시기가 어떤 지대를 넘어가면 조금씩 낡아가기 시작한다. 사랑의 고통을 받아들일지 고독을 사랑할지에 대해서 조언을 할 수 있는 자는 없다. 한 사람의 삶을 통한 기쁨의 눈물과 슬픔의 눈물의 전체 양은 일정하다. 사랑 있음과 사랑 없음의 교차지점에서 고독 속에 떨고 있는 나 자신에게 위로해 줄 수 있는 말이 따로 있지는 않다. 단지 삶을 버티듯 사랑을 버티라는 뻔한 얘기를 주절거리는 수밖에는 없을 것이다.

갈등

*

잘하는 걸 놔두고 하고 싶은 것을 찾아 떠도는 인생을

비겁하다고 말할 수는 없다.

그는 도망친 것이 아니라 자기를 찾아다닌 것이다.

*

빛조차도 1초에 500조 번 진동한다고 알려진다.

인간이 작은 일에도 갈등하는 것은 당연한 일이다.

*

나의 과실을 책망하는 자가 모두

허물이 없는 것은 아니다.

그런 사람들로부터 책망을 듣기를 원하면

영원히 충고를 들을 수 없을 것이다.(『신음어』, 여곤)

가끔 나에게 따끔한 충고를 해주는 친구가 있었으면 한다.

*

내가 아는 범위 내에서만

돈도, 기회도, 사랑도, 지혜도 들어오는 것이다.

그래서 바뀌지 않으려고 노력하기보다는

가급적 바뀌려고 애써야 한다.

*

독일의 통일은 동독공산당 대변인의 말실수 때문에 일어났다. 1989년 여름 체코 프라하 서독대사관에 동독주민들 수천 명이 난입하여 망명신청을 했는데 이에 서독과 동독은 협상을 체결하기에 이르렀다. 그해 11월 9일 동독 주민들의 여행법에 대한 불만을 잠재우기 위해 마련된 기자회견장에서 언제부터 여행자유화 조치가 유효한가에 대한 이탈리아 기자의 질문을 받은 동독공산당 대변인 귄터 샤보브스키는

'지금 당장부터!'라고 대답했다.

여행법 개정안을 충분히 숙지하지 못해서 나온 발언이었다. 동독주민이 마음대로 검문소를 지나다닐 수 있느냐는 물음에도 그렇다고 답했다. 기자는 본국에 베를린 장벽이 무너졌다고 긴급타전을 보냈다. 다음 해 1990년 10월 3일 공식적으로 독일통일이 선포되었다.(『나무위키 편집』)

우리도 이와 같지 않으리라는 법은 없다.

*

잠을 잘 때 왜 침을 흘리게 되는가.

입이 말하지 않는 사이에 생각이 말하기 때문이다.

숙면을 위해서 목소리를 내지 않을 뿐

우리는 계속 말하려 한다.

그만큼 인간은 치열하게 자기를 괴롭힌다.

*

난초는 물이 많으면 잎이 썩는다.

물이 적으면 말라 죽는다.

햇볕이 많으면 잎이 마르고 적으면 시들게 된다.

바람이 강하면 부러지고 없으면 병들게 된다.

생의 괴로운 자극들로 인해

너무 아프고 쓰라리지 않으려면

자기를 세상에 자주 환기시켜야 한다.

*

자기 해석의 습관은

본래의 자기를 찾지 못하게 꼭꼭 숨겨 놓는다.

이 편협한 세계에 살기 위해서

자기를 오염시키는 데 주저하지 않았으니까.

하지만 그 지점을 찾아내야만 자기만의 길이 열린다.

사랑도 삶도 성공도 그곳에서 나온다.

*

사물의 발전이 어느 정도에 이르면

정반대로 흐르는 현상을

무(물)극필반物極必反이라고 한다.(『귀곡자』, 신동준譯)

나이가 들어갈수록 이 말을 되새기게 된다.

*

삶의 반복되는 행동패턴이 의미를 가지기 위해서는

내가 즐거워야 한다. 그것이 가장 가치 있는 리추얼이다.

어떤 목적의식을 갖고 있는 행동들이 우리를 앞으로

나아가게 하는 것은 맞지만 인생의 대부분은

그 리추얼을 통해서 이루어지는 만큼

항상 자기를 경건하게 다듬을 줄 알아야 한다.

행복이 화가 되지 않기 위한 안전장치도 필요하다.

겸손도 그중 하나이다.

*

외부 변화에 따라 움직이려고 하는 것과

원상태로 돌아가려고 하는 것 사이의

상호 작용으로 갈등이 생겨난다.

이 갈등을 흡수하여 보다 조화로운 응답으로 이끌고

삶이 원하는 방향으로 나아가기 위한 조건이

노력이다.

*

삶의 가장 큰 규칙이란

용기를 내야 할 때 진정한 용기를 내는 일이다.

용기가 무조건 좋은 결과만을 가져다주지는 않는다.

그 용기에 대한 책임도 져야 한다.

용기는 고통스럽다.

운명을 거역하는 힘이기 때문이다.

*

사람들은 많이 느낄수록 알게 된다고 말한다.

그러나 사실은 아는 만큼 느끼는 것이다.

아는 만큼 나를 열어놓을 수 있기 때문이다.

*

답이 없는 쪽으로 생각하면

절대 답을 찾지 못한다.

답이 있다고 믿어야 한다.

*

일찍 성공한다면 사랑의 다양한 혜택을 누릴 수 있다.

그러나 젊음의 사랑은 상대적으로 휘발성이 강하다.

나이 들어서 끝까지 남아 있는 사랑이 있다면

보석일 것이다.

*

조금씩 부족한 것이 세상의 시간을 구성하는 것이다.

그러나 완벽에 너무 멀리 떨어져 있는 부분들 때문에

고통스러워하게 된다.

시간이 지나야 채워지는 것들에 대해

지금 할 수 있는 일이란

차분히 기다리는 것이다.

*

인류에게 지금 가장 시급한 훌륭한 일은

플라스틱 줄이기 운동과 재활용 방안, 대체 물질 개발이다.

지도에는
없다

살아가는 일이란 시간과의 싸움과 다름없다. 무한정 주어지는 시간 속에서야 어떤 경험이라도 반복되다 보면 새로운 인연과 사건을 통한 특별한 감회가 생성될 수 있지만 많지 않은 시간을 알차게 보내기 위해서는 충분히 준비된 나의 이야기가 만들어져 있어야 한다. 인생이 여행이라면 무엇보다 여행의 목적이 분명해야 한다. 자주 가는 뒷산의 산행은 어제와는 다른 무언가를 보고 느끼게 되기를 기대하면서 운동을 이유로 산을 오르지만 특별히 계획을 하고 애써 시간을 내서 아껴둔 여행지를 찾아가는 경우라면 주도적인 세세함이 동반되어야 한다.

우리 인생의 많은 부분은 우연으로 이루어져 있다. 어떤 목표를 이루려는 의도를 가지고 노력을 해서 적정한 시간에 맞춰 나아가게 되지만 삶의 예기치 않은 변수들로 인해 좌절과 희열의 갈림길에 서게 된다. 인생의 큰 계획도 이러하지만 하루하루의 작은 계획에도 우연함이 끼어들 여지가 너무나 많다. 다양한 이유를 들어서 행위의 결과를 해석하고 반성과 아쉬움을 토로하게 되는데 가장 많은 영향을 받게 되는 부분은 다름 아닌 사람들 사이의 관계 속에서 일어난다.

사람들 사이에 서로 잘 맞는 부분과 그렇지 않은 부분들로 인해서 갈등이 생기거나 관계가 이어진다고 하지만 실제 그 차이의 속성을 파헤쳐 보면 개인의 감성적 능력이 자리 잡고 있다. 관계 속에 우연함이 끼어들

여지가 많다는 것은 사회의 다양성을 구성하는 선순환적인 기능도 있지만 사회가 충분히 숙성되고 발달하지 못한 측면으로부터 일정 부분 나온다는 지적을 하는 이들도 있다.

그러나 세계가 아무리 지능화되더라도 우연은 삶의 불확실성에서 인간적으로 세계를 구성할 수 있는 적극적인 가능성이다. 다양한 우연을 나의 발달의 기초로 삼을 수 있는 능력은 친화력이지만 내게 잠재되어 있는 비논리적인 고집을 버려야 새로운 인생의 출구를 열 수 있다. 똑같은 사람을 만나고 똑같은 길을 걸으면서 미래를 꿈꾸는 과정에서 느끼는 현실의 한계는 나의 편벽되거나, 혹은 그렇지 않더라도 비이성적으로 정착된 규칙화된 성향으로 인해 일어난다. 나의 일정 부분을 낯설게 바라볼 수 있어야 새로운 나를 발견할 수 있는 이치인데 여러 번의 실패 경험을 탐색하는 과정에서 감지되는 공통점들이 이에 해당된다.

'함께 움직일 가능성'을 향한 공감대 형성으로 신뢰와 감정적 유대가 느껴짐으로써 궁극적으로 인연으로 이어지지만, 이 또한 계속되는 시험을 통과해야 한다. 사소한 것들까지도 모두 알고 있다고 생각되는 부부 사이라고 하더라도 소원해지게 되는 사건들에 서로가 관심을 가짐으로써 여러 차례의 위기를 극복하게 된다. 교과서에 나오지 않는 부분들을 채우는 것은 친구들의 의견과 부모의 조언과 인터넷상의 정보들과 전문 서적들, 그리고 그것들을 통해 함양된 시각이지만 나에게 맞는 것을 정확하게 판단하여 적용할 수 있는 지혜는 다분히 감각적인 것을 가리킬 수 있는 열려 있음에서 나온다.

생성의 동시성이란 모든 사물이 진행하면서 근본적으로 가지고 있는 두 갈래 길을 의미한다. 원래 현재라는 것은 과거와 미래의 두 방향으로만 진행될 수밖에 없는, 멈춰진 현재의 순간적인 불가능성을 말하는 것이기도 하다. 시간이 지향하는 흐름은 사물에 영향을 미치지 않음으로써 매 순간 하나로 기속되는 개인의 선택권은 또한 논리적이어야 한다. 그러나 현실을 전제로 한 논리와 미래를 전제로 한 논리가 다른 이상보다 다각화된 시야로 나의 남루한 고집을 우회해야 원하는 결과로 이어지는 그 우연을 맞이할 수 있다. 내 규칙보다는 상대의 규칙을 받아줌으로써 진행되는 관계가 일정 시간이 지나면서 이해로 이어지고 서로를 근접시킨다. 시간이 흘러도 융통성 없는 규칙은 사실은 심리적인 불균형으로부터 나오는 것이므로 충분한 대화를 통해 부드럽게 자기를 융화시켜야 한다. 억압의 기억이나 자존감의 상실로 해석될 만한 근거가 찾아지게 되면 나 자신을 새롭게 보기를 토대로 관계가 더 돈독해지는 계기가 만들어지기도 한다. 시간의 특징 중의 하나는 사람을 나이 들게 한다는 것이고, 그 과정에서 자기 규칙들이 부드럽게 변화한다. 경험이라는 수업을 통해서 인간은 점차 원숙해지게 된다.

사회의 발전과 국력의 향상으로 지금까지 앞선 나라들을 따라가던 기술력이 어느덧 세계를 선도하게 되었을 때 이제부터는 지도에 없는 길을 가야한다는 새로운 패러다임의 전개를 선언하게 된다. 새로운 분야를 개척하고 국제 규격을 만들며 비전을 앞세워 선도그룹으로서의 책임도 주어진다. 개인의 삶과 그 운영방식도, 관계의 양태도, 내가 느끼는 감각의 입구도 인생의 숙련기를 거치면서 참조할 수 있는 진부한 사례들을 뒤로하고 내가 내 삶의 맨 앞에 나서서 시간을 밀고 달려가야 하는 과정이 진행된다. 예전에 가지고 있던 정서만으로 미래를 열기는 힘들기에 보충해야 하는 삶의 주체적 전개에 부속되는 시각을 통해서 자기 변화를 이끌어내야 한다.

지도에 없는 길을 가야하는 시기를 본인은 스스로 느낄 것이고 여기에는 대단한 용기가 필요하다. 세상을 살고 있는 개인은 이런 과정들을 거쳐서 자기에게 주어진 시간에 대한 주도권을 행사하게 된다.

물론 우연이란 자기 변화를 목적으로 하지 않는, 현재의 손잡음이 가져오는 시간의 해석을 말하는 것이기에 반성할 틈이 없다. 우연은 하나의 사건이고 미래의 예측이 적용되지 않는 부분이기에 인간에 대한 예의가 우선된다. 많은 경험을 거쳐서 선택하는 하나는 우연과는 거리가 있는 것이기에 이곳에서의 신뢰란 나 자신에 대한 믿음 이상의 것도 아니다. 자신감과 열려있음이 내 의도보다 앞서서 세상을 향해 달려 나간다. 반복되지 않는 시간의 소모성과 미래의 시간이 계속 줄어드는 단축성과 사물이 변화를 꾀하는 생성의 동시성 위에서 전개되는 우연은 나 자신에 대한 흠결 없는 신뢰를 요구하지만 그렇다고 해도 같은 이유로 시간에 대한 신뢰를 철회하고자 하는 마음을 막지는 못한다. '나'와 '시간'은 모두 흠결 많은 사물들이다. 그러므로 내 손아귀를 벗어난 사건이 시간과 맺는 독특한 관계가 우연인 것이다. 그래서 현재를 의미 있게 느끼는 것이야말로 시간을 적으로 삼지 않는 유일한 방법이다.

인간의 선택은 보다 안전하고 최상의 결과를 바라볼 수 있는 최단 거리의 방법을 찾기에 일견 합리적으로 보일 것이나 의도가 앞섬으로 인해서 결정적인 영향을 미칠 수 있는 작은, 숨어 있는, 혹은 선택의 대상에서 처음부터 제외시킨 너무도 명백한 상황에 속절없이 무너질 수 있다. 불순한 의도가 숨어 있는 선택 또한 그 조급함 때문에 실수를 유발하기도 한다. 마음을 나와 타인에 대해서 동시에 여는 것, 결과만을 기준 삼지 않고 과정의 달콤함에 현혹되지 않으며 내가 나 자신에게 베푸는 친절만큼이나 타인에게도 똑같은 조건을 제시하는 것에서 시야를 가리고 있던 불운의 그림자를 피해갈 수 있다.

그러면 이때 어떤 사회적 이해타산이 개입하지 않은 순수한 질문이 떠오를 수 있다.

'나는 어디로 향하고 있는가.'

존재의 성공은 결핍 없는 자아의 확충이다. 내가 선택할 수 있는 삶의 폭은 대단히 좁고, 그마저도 미로처럼 얽혀 있는 여러 가지 사회적 장치들 사이를 지나가게 됨으로써 나만을 위한 나의 선택이라는 호사가 즐거운 것만도 아니다. 알면서도 가지 못하는 길이 있을 수 있다는 얘기다. 그래도 적절한 방법을 찾아나서는 것을 포기하지 않는 것은 한 번뿐인 삶에 대한 예의이며 자기 자신에 대한 의무이다.

내게 손짓하고 있는 그럴듯한 언어들에 결박당해서 끌려가기보다 관성적 자극에 대한 과감한 단절도 필요하다. 나의 존재가 유일한 이유는 내가 걸어야 하는 길이 나만의 고독을 수반하는 외로운 길이기 때문이다. 나의 행보는 언제나 나의 결정권 아래에 있으며 우연은 즐기는 것으로 족하면 되지 않을까.

내가 작은 의지와 맞바꾼 것은 어떤 정착지에 다다를 수 있는 중요한 기회이지만 그것이 내 성향으로부터 나오는 미래의 어렴풋한 도착지보다 더 큰 흐름을 구성하는 물줄기인가에 대한 확신은 누구에게도 없다. 오랜 시간이 흘러서야 그것을 발견해낼 수 있을 뿐이다. 내가 잃어버린 것이 화려한 현실이었고 그 대신 초라한 꿈을 이루었다면 엉뚱한 꿈을 꾼 내 잘못일 수 있다. 현재의 삶과 또 다른 가정 속의 평행이론상의 삶을 비교했을 때 내가 선택하지 않은 길이 더 크고 화려해 보일 수도 있다. 어떤 상황에 놓였을 때 그것이 큰 흐름인지 아는 것이 중요하지만 인간은 자기식의 판단을 내릴 수밖에 없다. 그러니 현재 주어진 것을 소중히 해야 한다.

삶이
내게 주는
힌트

*

인생의 기회는 미리 아는 것 속에 있다.

모두 알고 계획할 수 없기에 모험이 수반된다.

한 조각의 감각을 손에 쥐고 앞으로 나아갈 때

불안과 회의에 벌써부터 사로잡힌다.

그러나 삶은 그 흔들림 속에서야 평온을 찾는다.

*

내가 익히 알고 있었지만 잊어버렸던 순간들 속에

언뜻 웅크리고 울고 있는 내가 발견될 때가 있다.

그곳이 내가 아픈 부위이다.

*

대나무는 일평생 한 번만 꽃을 피우고서 죽게 된다.

대나무 열매는 봉황이 먹는다고 하여 귀하게 여겨지지만

모든 대나무가 죽으면서 열매를 맺는 것도 아니고

그 열매가 모두 튼실한 것도 아니다.

대나무 열매로 지은 죽미밥을 맛보고 싶었더라도

애꿎은 대나무 고사시킨 책임을 누군가는 져야 한다.

*

조각하기 쉬운 돌은 쓸모가 오래가지 않는다.

정교하게 다듬었더라도

쉬이 깨지고 부서지게 된다.

힘들더라도 조직이 치밀한 돌을

삶의 소재로 삼아야 한다.

*

삶이 내게 주는 힌트는 내가 정신없는 틈을 이용하여 느닷없이 왔다가 정처 없이 가버린다. 그것이 행운이었다면 빨리 잊는 것이 좋다. 원래 내 것이 아니었던 것 때문에 괴로워할 필요는 없다. 그런데 왜 내게 그 비밀을 살짝 보여주었을까. 삶이 나를 농락해서가 아니라 기회를 잡을 수 있는 자세가 되어 있는지 시험하기 위해서다.

*

인간은 고독 속에서 치열하게 자신을 발견한다.

모든 인생이 그렇다.

그것을 생략하고자 한다면 화가 미치게 된다.

그 과정이 짧게 끝나기를 바랄 뿐이다.

*

인생은 축구와 같다.

실력이 좋다고 반드시 이기는 것도 아니고

주어진 기회에 골을 넣지 못하면 역습을 당하게 된다.

전략과 기술도 필요하지만

감각이 더 중요한 것이다.

*

내 마음을 무시할 수밖에 없는

현실적 굴레들이 존재하고

나다움을 지키기 위해 선택한 실패들도 있다.

고독과 불면의 원인들이다.

마음에 쌓여 있었다면 어떤 특별한 시간에

그것을 갱신할 기회가 온다는 뜻이다.

*

좋은 책을 많이 읽고 훌륭한 사람들과 대화하다 보면 나 자신도 동화되어 인성과 지각이 풍요로워진다. 그 노력의 과정에서 모난 것이 자제되고 정제된 자신이 출현하는 것이다. 그렇다고 타고난 본성이 바뀌는 것은 아니다. 나를 다듬기를 그치면 제멋대로의 본성이 금세 모습을 드러낸다. 그래서 자기를 다듬는 노력은 계속되어야 한다.

*

오래 사는 방법은
스트레스를 최소화하는 것이다.
뭔가를 이루겠다는 갈증을 조금 누그러뜨리고
누군가가 잘되기를 바라면서 즐겁게 사는 것이다.
음식은 사실 부수적인 것이다.

*

에스컬레이터는 두 줄로 올라가게 만들어져 있다.
그런데 두 줄서기가 빠르다는 걸 알면서도
성격 급한 사람들을 위해 한 줄을 비워놓는다.

안전을 위해서는 위험한 배려보다

기본에 충실한 것이 낫다.

*

말을 통해 나 자신을 확장한다고 했을 때

내 속의 소년이 한 순간의 서툰 응석 때문에

일을 그르치는 경우가 있다.

그 소년을 다독이되 때로는 엄할 필요가 있다.

*

에너지가 넘칠 때는 기술이 없고 기술이 많을 때는 에너지가 없다.

어떤 상황이라도 노력이라는 상수가 들어가야 한다.

*

사회가 개인에게 요구하는 바와 개인이 사회에 요구하는 바가

서로를 향해 나아갔을 때 어떤 접점이 가능해진다.

사회와 개인이 서로 다른 곳을 바라보고 있으면

독재가 찾아오든지 혁명이 다가온다.

그래서 왜곡이 일어나지 않기 위해 자주 토론해야 한다.

*

꿈의 예지력은 가능성을 말할 뿐이다.

모든 꿈은 가능한 사례들 중의 하나이다.

그 해석 또한 해석의 가능성이기에

해석 자체가 미래에 미치는 영향도 크다.

*

운명이 스스로 지쳐서 될 대로 되라고

말하는 순간이 온다.

이제 네가 하고 싶은 대로 하라고 말이다.

성공한 사람들은 모두 이 과정을 겪었다.

*

스스로 살기 위해서 무지를 선택하는 자들도 있다.

그러나 시간이 지나면 그들은

자기혐오감 때문에 울게 된다.

*

반작용이 반작용을 불러온다.

뉴턴의 운동 제3법칙은 인간에게도 적용된다.

우리는 서로의 생각을 알기에 겸손함이 필요하다.

*

사람은 도구를 가지고 있으면 그것을 사용하고자 애쓴다.

그래서 건강한 도구가 필요하다.

이런 것에는 사랑, 희망, 행복, 믿음, 신뢰, 정직, 성실 등이 있다.

인간은
말로써
기억된다

인간이 사용하는 언어 자체가 개인 삶의 투영이다. 인간이 죽어서 기억을 남긴다면 그 기억의 90%는 언어로 이루어져 있다. 인간은 말로써 기억된다. 애틋한 사랑도 그 사랑이 남긴 두근거리는 밀어를 통해 기억되는 것이며 아름다운 용모나 선한 행위는 말의 뒤편에서 그 말을 지지해주는 배경이다.

선각자들의 조언을 통해 현재의 일상을 보다 충실히 하고자 하는 노력들이 우리의 삶을 수놓는다. 현자들의 언어는 글로써 전해지고 심금을 담은 울림 있는 말들이 우리의 가슴속에서 되살아난다. 글은 말로써 직접 전하지 못하는 것들에 대한 기록이기에 육성으로 들을 수 있다면 훨씬 더 큰 감흥으로 다가올 것이다. 글은 오래도록 기록으로 남아서 말을 전해주지만 실제의 말이 얘기하고자 하는 의미로서의 전달이기에 말이 내포하고 있는 다양한 이미지를 모두 간직하지는 못한다. 물론 글은 말의 부정확성을 보강해주는 장점도 가지지만 수사는 웅변에서 나오는 마음을 움직이는 힘보다는 부족하다. '정해진 문장 안에서'라는 경계를 만든다면 글은 말의 최소한이다.

그런데 이렇게 중요한 말이 인간을 해하는 폭력의 도구로 쓰인다. 악담과 저주, 빈정거림과 폄훼의 습관, 싸구려 영웅심과 제 집을 잃어버린

둔탁한 자존감 때문에 일어나는 불가사의한 타인 왜곡은 스스로의 무덤으로 걸어 들어가는 녹슨 계단이 되었다. 이럴 때의 언어는 살아 있는 자의 무덤이 된다. 말을 건넨 자와 받은 자 모두 결절을 경험한다. 누군가와 싸우고 있는 사람은 자기 자신의 그림자와 싸우고 있는 것이라고 칼 융Carl Jung은 말한다. 이 그림자 원형archetype은 원형 중에서 가장 강력하며 기본적인 동물적 본성을 내포하고 있다. 인격적으로 통제되지 못하고 정신적 가치로 돌려지지 못한 이 원형은 종교의 힘으로도 승화되지 못한다. 악설은 주체를 잃어버린 고아가 된다.

지금 당장이 아니라고 해도 자기가 뱉어낸 말은 바다로 나간 연어처럼 자기 자신에게로 되돌아오는 귀소본능이 있다. 몸을 베인 상처는 시간이 지나면 아물지만 마음을 베인 상처는 쉽사리 아물지 않는다. 몸을 베인 고통은 그 시간 이후로는 토해내지지 않으나 마음을 베인 고통은 계속해서 반복되며 삶의 소중한 시간들을 갉아먹는다. 내가 한 말은 상대를 향하여 달려 나가지만 그 기록이 의식이나 무의식에 고스란히 남기 때문에 상대방과 동일한 에너지를 형성함으로써 상대의 베인 자국과 똑같은 흉터가 새겨진다. 말을 하는 순간 듣는 이가 받게 될 충격을 본능적으로 의식하고 예상하기 때문이다. 인식에 이르지 않았더라도 언젠가 상대방의 상처가 떠올라 감정이입을 통해 확인되는 즉시 나의 마음도 상처를 입는다.

그러나 대부분의 사람은 의식에 쳐놓은 장막으로 인해 이 감정이입이 시도되지 않으며 오히려 배척한다. 나와 나를 분리시키는 이 과정을 통해 인간은 자기를 보호하지만, 삶의 지난한 과정 중에 작동하는 이러한 방어기제는 개인의 총체성에 대한 중대한 흠결이어서 죽음 이전의 어떤 시기에는 반드시 통합하여야 하는 과제로 남겨진다. 상처 없는 은폐로 삶을 마감하든가 상처를 노출시켜 치료적 반성의 고통을 감내하든가는 개인의 선택이지만 죽음이 요구하는 순수한 절망을 받아들이기 위해서는 인간의 개별 과제는 적극적으로 수행된다. 은폐된 초자아가 안온한 죽음을 방해하기 때문이다.

죽음은 인간화의 마지막 관문이다. 그는 긴장의 회피를 통해 스스로에게서 사과를 받아야 한다. 게다가 반복되는 말은 자기 행위에 집적됨으로써 동일한 상황을 계속해서 연출시킨다. 내가 한 말이 나를 해치는 특이한 경험은 기억되지는 않겠지만 누구에게나 있다. 모든 말은 믿음과 같은 성질의 것이다. 마음속에 있는 상념은 생각을 경유해서 언어화되고, 이것은 입을 통해 소리화가 된다.

물론 생각을 거치지 않고 즉흥적으로 튀어나오는 말들도 있다. 시인에게는 시로, 무당에게는 주문으로, 정치가에게는 웅변으로 나타나지만 일상생활 속의 대부분의 사람도 일정 부분 이러한 경험을 하게 된다. 자주 사용하는 말이 습관화되면 말이 주체가 되고 자아는 따라가는 현상이 발생하는데 나도 통제하지 못하는 말이 저 홀로 뿜어지면서 나를 삼켜버린다. 마음속에 품고 있던 생각의 돌출된 표현으로서 날카롭게 날아가 상대의 폐부를 찌른다. 의도를 가지고 있었다면 아주 좋은 효과를 나타낼 것이고 실수였다면 아주 치명적이고 회복하기 어려운 실수가 될 것이다.

생각으로 들어찬 말은 가두어놓은 저수지와 같아서 언제든지 약한 수문을 부수고 쏟아질 수 있으므로 나쁜 생각을 아예 하지 않는 것이 좋다. 나쁜 생각은 내 인식의 불안함으로부터 시작된다. 질투로부터, 의심으로부터, 화로부터, 열등감으로부터, 그리고 미움과 혐오로부터 촉발된다. 또한 상대를 이기고자 하는 마음이 스스로에게서 나쁜 언어를 양산해낸다. 그래서 인간관계에서는 반드시 지자라는 마음으로 사람들을 대해야 한다고 하는 것이다. 좋은 사람들과 도란거릴 수 있는 것은 즐겁고 유쾌하게 지자는 마음이 가능하기 때문이다. 내가 옳다고 하더라도 질 줄 아는 사람이 주위에 멋진 사람들을 불러들인다. 기어이 이기기 위해서 꺼내든 정돈되지 않은 문장과 자극적인 단어가 관계를 파국으로 몰고 간다. 다양한 책 속에서 얘기하는 운 좋은 사람들의 특징은 바로 상냥함이다. TV에서, 인터넷 댓글에서, 광장에서 새로운 말들을 만들어가며 정체

모를 언어들이 쏟아진다.

정상적인 감정 상태인데도 자기도 모르게 튀어나오는 모진 발언은 어떻게 해결할 것인가. 그것은 기본적인 소양의 문제이기 때문에 스스로를 가꾸려는 노력을 계속해 나가는 수밖에 없다. 자신의 편벽되고 부족한 점을 제외하고 나머지의 장점과 허울뿐인 상식만으로 행복을 찾기를 원하겠지만 타고난 성격만으로 행복을 찾아가는 여정은 쉽지 않다.

그것이 가능하다고 해도 주변사람들이나 나와 관계없는 사람들에게 계속되는 피해와 상처를 주게 될 것이고 개인적인 삶의 부침도 많이 겪게 될 것이다. 일 때문에, 여러 사회적 조건들 때문에 내가 그 속의 구성원으로 존재하며 살아간다고 해도 진정한 믿음은 얻기 힘들다. 가치를 잃은 말로 사람들에게 상처를 주면서 어떻게 스스로의 인생을 아름답게 가꾸고 근원적인 행복을 찾을 수 있을까.

로버트 풀검Robert Fulghum은 옳고 그름이나 선과 악, 진실과 거짓 등의 문제는 우리가 이미 알고 있는 것들이며 "무엇이든지 나누어 가지라고, 공정하게 행동하라고, 다른 사람을 아프게 했다면 미안하다고 말하라"고 얘기한다.(『내가 정말 알아야 할 모든 것은 유치원에서 배웠다』) 그때 배운 기본적인 것을 체득하지 못했다면 개인과 사회는 값비싼 대가를 치러야 한다고 덧붙인다. 여기에 '내가 들어서 기분 나쁜 말은 상대방에게 하지 말라.' 정도는 첨언하고 싶다. 무엇보다 이웃과 사회에 베푸는 친절은 스스로에게 공헌감을 줌으로써 행복을 구성하는 요소로 자리 잡기에 매사에 친절하기를 권한다. 그 공헌은 노동이나 관심, 봉사라는 과정을 수반할 수 있다. 그 속에서 행복과 삶의 여유를 발견한다면 그는 제대로 살고 있는 것이다.

하이데거 식으로 표현하자면 존재의 언어는 침묵의 언어다. 그럼 존재자의 언어는 무엇일까. 그것은 존재에 흠집을 내는 상처의 언어다. 더 이상 현전하지 않는 '기재'와 아직 현전하지 않는 '도래' 사이의 현재라는 '겨를'에 사용되는 언어가 바로 이것이다. 그렇지만 존재의 존재자임을 망각하지 않으려면 그 상처를 최소화하고 존재 가능에 대해 함께있음을 열어 보이기 위해 현존재자인 개개인이 세계에 대하여 좀 더 따뜻한 언어를 내보이는 것에 적극적일 필요가 있다. 물론 존재자의 상처가 모두 흉측한 것만은 아니다. 인간 내면의 상처에도 무늬가 있는데 저마다의 크고 작은 사연들이 있어서 어떤 상처들은 오랫동안 개인을 지켜주는 등불이 되기도 한다. 그렇지만 그 등불이 자기는 지키지만 타인은 해하는 등불인가와 자기와 타인 모두를 지키는 등불인가는 그 자신 스스로 알고 있을 것이다.

현존재자들 중의 하나인 내가 다른 존재자들에게 지는 빚은 존재의 대지에 빚을 지는 것이고 그 부채를 무겁게 생각해야 한다. 말이 너무 자유로우면 대신에 나의 행동의 자유가 제한된다. 내게서 통제되지 못하고 뱉어지는 언설은 언젠가 억압으로 다가온다. 인간은 자기 말을 적절하게 관리함으로써 자기다움을 이끌며 삶의 선택에서 보다 자유로운 상태를 경험한다.

말은
관계다

*

가까이 다가가지 않으면 다가간 것이 아니다.

눈을 보고 말하지 않으면 말한 것이 아니다.

따뜻하지 않으면 손을 잡은 것이 아니다.

*

신체의 강한 부분이 있고 약한 부분이 있는데

약한 부분을 희생해서 강한 부분을 보강하면

낭패를 보게 된다.

말도 이와 같다.

*

말은 그 불완전성, 말을 행하는 장소나 시기,

감정에 따른 표정, 몸동작 등과의 연계로

그 내용이 달라지기 때문에 아주 섬세하게

다루지 않으면 왜곡이 일어나기 쉽다.

*

마음을 여는 속도

하지 말아야 될 말을 해서 잃는 것이 생기고

해야 될 말을 하지 않음으로써 잃는 것이 생긴다.

*

말은 사람의 마음을 움직이는 것이 목적이다.

상대의 마음을 움직이려면 먼저

상대의 마음을 헤아릴 수 있어야 한다.

이 헤아림 없이 내뱉는 말은 좋은 의도를

가지고 있더라도 폭력이 될 수 있다.

*

사회가 복잡다단해지는 만큼 할 말도

더 많아졌을 수밖에 없어 언어의 가파른

진화에도 불구하고 오히려 사람들은

의사소통의 어려움을 더 많이 느끼게 된다.

*

사회 변화에 따른 감정의 진화는

상대적으로 말의 빈곤을 가져오는 것으로 나타난다.

*

말을 하는 도중에 만들어지는 마음으로부터

새로운 말이 계속 이어지기 때문에

사자가 말을 할 수 있다면

우리는 사자를 이해할 수 없을 것이라고

루드비히 비트겐슈타인Ludwig Wittgenstein은 말한다.

*

말은 뱉어지는 즉시 소멸된 상태로서

문자 속에서야 존재했었다는 기록을

남긴다는 것은 사실이 아니다.

어떤 의미에서는 말은 문자보다 더 오래 남는다.

상처가 그걸 증명한다.

*

무의식에도 에고의 무의식과 이드의 무의식이 있다.

에고의 말은 합리적이지만

이드의 말이 진실에 가깝다.

*

모든 언어는 인간 의사의 거짓말이지만

이 거짓말을 행위 주체인 인간이 추인하는 것은

그것이 주체를 복사해낼 수 있는

가장 강력한 수단이기 때문이다.

*

언어를 통한 주체의 왜곡이

무언無言을 통한 주체의 완결성에 대한 이익보다

더 크다는 것을 알기 때문에

말은 효용을 가진다.

*

언어 행위는 주체의 왜곡 가능성과

의사의 완전성에 대한 포기를 수용하는

세계에 대한 주체의 양보를 의미한다.

*

이미 내뱉은 말의 결핍을 보충하고자

언어는 덧대어지고 빈틈없는 설계도를 전할 때까지

말은 이어진다. 이것이 수다이다.

*

수다는 상처를 상처로 덮고자 함으로써

계속되는 말의 향연이고, 오히려 큰 상처가

작은 상처들로 메워져 주체의 건재함을 나타내는

특이한 언어 행위이다.

*

수다는 언어의 난무를 통하여 그 정갈함을 추구한다.

그러나 완벽한 수다는 없기에 완벽한 주체의 구현도 없다.

*

주체의 결핍을 보충하고자 관계 속으로

걸어 들어가 끊임없는 확장을 통해 자기를

공고히 하려 하지만 그 확장의 끝에 있는 것은

충만함이 아니라 오히려 공허일 뿐이다.

자기중심이 없는 관계는 그래서 위험하다.

*

생각만 해도 되는 일들을 입으로 중얼거리는 이유는 누군가 들어주기를 바라는 마음속의 이야기가 내면의 긴장을 풀어헤치고 밖으로 나오는 현상이다. 우리는 가끔씩 배회하고 갈 길을 못 찾고 헤매기도 한다. 나이 들어가며 이런 일들이 나타나는 것은 에너지가 고갈되어 간다는 신호이다. 희망이 에너지인데 그 희망은 사랑을 통해 나오기에 사랑을 꾸준히 보강해야 한다.

*

말이 헤픈 집안에서 훌륭한 인물이 나오는 경우는 없다고 들었다.

말은 유용한 도구지만 자기파괴 본성이 있어서다.

*

이미 결정된 조건들 때문에 갈등하게 된다.

그 함수를 푸는 열쇠는 나에게 있지만

변수들이 어디로 튈지 모른다.

그런 만큼 내가 견고한 상수여야 한다.

*

우리 마음의 균형이란 어항에 물고기가 가득 차서

숨 쉴 공간이 없어지면 작은 어항을 깨버리고

어항을 확장함으로써 물과 물고기의

공간비율을 맞추는 것과도 같다.

최초의
기억과
최초의
오류

어느 날 어린 시절에 어떤 기억들이 있었으며 그 기억들이 내 인생에 어떤 영향을 미쳤는지에 대해서 궁금증이 생겼다. 그 기억들을 찾아내기 위해서 크게 애쓰지 않아도 되었던 이유는 알프레드 아들러Alfred Adler가 얘기했던 최초의 기억과 최초의 오류에 대해서 이미 반복적으로 되새김질해왔던 추억 때문이다. 해마의 충분한 발달이 이루어지지 않은 유아 시절의 한두 단락의 기억은 특별한 것이기에 심리학자의 설명이 없더라도 대부분의 사람들도 개인적으로 특이한 경험으로 간직하고 있을 것이다. 그것은 인간이 하나의 인격체로 세상에 나와서 하게 되는 '생각'의 첫 발단을 차지하고 있음으로서 자기 성장의 출발점을 보여주는 사건이 된다. 그 기억의 존재함에 대한 의아함과 자기에게 일어난 '생각함'에 대한 어떤 특별한 인식이 자리 잡기에 '자기를 추억'함으로써 미래를 구성하는 데 최소한의 역할을 하게 될 것임을 스스로 감지하는 것이다. 태동하는 자아가 윤곽을 드러내며 방향을 찾아가는 초기 시점에 이루어지는 이러한 의식이야말로 개인의 발달과 성장에 중요한 요소가 된다. 태어날 때부터 유전적 특성을 통해서 집단무의식이 존재하지만 그 위에 '나'라는 신비로운 관념이 움트고 있는 것이다.

그러나 이 최초의 기억은 당시에는 잊어버리고 있다가 어떤 시간 이후로 나타나게 되는데, 언어 발달과 직관적이고 자기중심적 사고가 활발하게 전개되는 시기가 이에 해당한다.

아들러에 의하면 "최초의 기억은 개인의 근본적인 인생 방식과 그의 삶 가운데 최초로 만족스러웠던 결정을 보여준다. 그 기억은 그가 무엇을 자기 발달의 출발점으로 삼았는가를 한 눈에 보도록 해준다."(『아들러 심리학입문』, 알프레드 아들러)라고 한다. 최초의 기억이 아니라고 해도 어린 시절부터 기억되고 있는 사건들은 개인적인 우월목표뿐만 아니라 나는 인생을 이런 것이라고 생각했다고 하는 자기 자신에 대한 진단도 나타난다.

'만족스러웠던 결정'이라는 것은 그것이 내게 이로운 것이었든 불리한 것이었든 상황을 정확하게 읽고 판단했다는 것을 말하는 것인데 그럼으로써 자의식의 발달과정의 배경을 알 수 있는 근거가 된다. 또한 아무도 자기의 우월목표를 알지 못한다고 하지만 어린 시절의 기억들이 인생의 주된 관심사로 부각될 것이라는 걸 짐작할 수 있다. 개인의 타고난 성향이 있다고 해도 성격화는 다양한 조건과 환경의 영향도 무시할 수 없는 것이지만 생후 4개월의 아이에 대한 분류실험에서 외향성과 내향성의 특질이 성장과정에서 고스란히 이어진다고 하는 수잔 케인Susan Cain의 실험에서와 같이 선천적 성향의 비중을 가늠해 볼 수는 있을 것이다.

개인의 성향이 자기 기억을 확인하는 요소로 작용하기 때문에 만족스런 판단에도 불구하고 그 해석은 얼마든지 달라질 수 있을 것이다. 같은 경험이라고 해도 성향에 따라서 다른 분석이 가능할 수 있다는 얘기다. 그는 여동생이 학교에 갈 수 있는 나이가 될 때까지 기다렸다가 똑같은 날 입학해야 했던 언니의 최초의 기억에서 동생에 의해 자기의 자유로운 발달이 방해받았다는 불안과 어머니가 동생을 편애했다는 불만이 동시에 깔려 있음을 알 수 있다고 했다. 소중한 할아버지의 죽음을 최초의 기억으로 간직하고 있는 사람의 예에서는 죽음 자체를 인생의 가장 큰 위험 요소로 간주했을 것이라고 평가하지만 당사자들의 자기 분석이 빠져 있다는 것은 아쉬운 부분이다.

개인의 최초의 기억은 특별한 것이기에 성장 과정에서 여러 번 반복해서 생각하고 거기에 따른 해석을 덧붙였을 것인데 명확하지 않은 기억을 겨우 되살려낸 경우라면 아마도 그 기억 자체를 잊고 싶어 했을지도 모를 일이다. 이럴 경우 좋은 것과 안 좋은 것의 명확한 구분을 즐겼을 것으로 추측할 수 있다.

아들러 심리학은 최근 많은 사람들에게 사랑받고 있고 거기에 따른 2차서적도 많이 나오고 있다. 자유롭고 행복한 삶을 위해서는 타인의 과제와 자기의 과제를 분리시키는 용기가 필요하다고 그는 말하며 조화로운 공동체 감각을 통하여 스스로 가치 있는 사람이라고 생각하라고 조언한다.

나의 최초의 기억은 어떠했을까. 작은댁 제사였는데 안방에 작은 증조할아버지께서 앉아 계시면 나머지 아래 항렬 분들이 차례대로 좌우로 앉게 되신다. 그래서 윗목 쪽에 나있는 문으로만 간간이 사람들이 드나들 수 있었는데 마루에서 엄마 무릎에 앉아서 열린 문 안으로 방의 움직임을 감지하고 있었다. 작은 증조할아버지는 지방을 쓰실 준비를 하시고 아들 할아버지께서 먹을 가신다. 먹을 가시는 듯하다가 큰 아들에게 슬쩍 넘겨주면 손자가 간다.

가끔 방안이 궁금하면 한 번씩 머리를 들이밀고 상황을 주시하고 있었는데 긴 방의 가운데 정도에 앉아계셨던 어떤 아저씨가 손짓을 해서 나를 부르시기에 엄마를 쳐다보았더니 가 봐도 좋다는 신호를 하셨다. 그 아저씨는 지금의 내 나이보다는 젊었고 수염은 없었던 것으로 기억한다. 내가 다가가서 엉덩이를 들이밀고 무릎에 앉았는데 방안의 다른 분들도 한 번씩 쳐다보며 흡족한 표정을 지으시기에 내가 아주 중요한 사람이라고 여겨졌다. 이것이 내 최초 기억의 전부인데 자라면서 언제부터인지 그걸 기억해내고는 나는 멋진 사람이 되겠구나 생각했다. 나에 대한 그 당시의 나의 분석이 그러했다면 지금과는 다르게 낙천적인 성격도 있었던 것으로 보인다. 자크 라캉Jacques Lacan의 상상계속의 나르시시즘은 원형으로 반복되어 나타나는 개념인데 이기적인 욕구가 드러나는 이미지들의 장이다. 이곳이 자아의 시발점이다.

그 작은 기억과 당시의 진단이 내 삶에 영향을 미쳤다면 내가 지금껏 가지고 있는 인간에 대한 분석이나 틀을 글의 소재로 삼는 행위가 아주 자연스러운 경로일 수 있다는 생각이 든다. 인간관계와 사회화의 과제 등도 주된 관심사였으니까.

그럼 인생 방식은 어떠했을까. 아들러가 말하는 인생 방식이라는 것은 인생을 사는 사고방식이랄 수 있지만 이것은 실질적으로 모든 사고가 의존하고 있는 중심사고를 말하는 것이며, 인생에서 중요한 것을 무엇으로 설정하느냐에 따라서 개인의 행동은 여기에 기속된다. 이 인생방식과 성향의 조합으로 인생의 결정이 이루어진다. 이 단순한 기억으로 의식의 모든 원류를 확인할 수는 없지만 적어도 자아발달의 출발점으로 삼은 것이 자존감이었을 거라는 추정이 가능하다.

그는 최초의 오류라는 개념도 제시했는데 의미는 상황 그 자체가 아니라 그 상황에 어떤 의미를 부여했는가에 따라서 결정되는 것이기에 잘못 인식된 의미를 개선하기 위해서는 이 부분이 확인되어야 한다고 했다. 최초의 오류를 확인하고 해석함으로써 타인에게 공헌하려는 목표를 통해 자신의 인격을 발전시켜야 하는 과정에서 심리학의 과제인 올바른 삶의 방식을 갖지 못하게 만드는 원인들을 발견한다는 것이다.

내가 기억하는 최초의 오류는 초등학교 때의 일이다. 산수 시간에 선생님이 3×4 문제를 내어서 손을 들었는데 내가 지목이 되었다. 정답을 말했는데 그 선생님은 내 답변이 틀리다고 다른 학생을 다시 지목했다. 나는 '12요.'라고 외쳤는데 그 선생님은 '10이요.'라고 들었던 것이다. 개인적으로 귀가 안 좋았을 것이라고 몇 번을 자위했지만 그래도 그 황당함과 불쾌한 감정은 오랫동안 남았다. 그때의 나의 해석은 세상은 뭔가 공정하지 않다는 생각으로 귀착했다. 아마도 많은 책을 경유해야 했던 정상 사회에 대한 갈증이 시작된 곳일 것이다. 단순히 잘못 들을 수도 있는 것인데 확대해석하게 된 데에는 현실의 창피함을 누군가의 탓으로 돌리려는 심리가 작용했을 것이다. 원인을 다른 곳에서 찾으려는 전형적인 귀인의 오류였다. 법과 규칙의 세계인 라캉의 상징계는 언어에 의해 생각되어지는 과정으로, 2자관계인 자아형성의 상상계보다 진전된 3자관계가 정립되는 단계이다. 소리와 의미의 불일치를 경험함으로써 상상계의 본능인 이드와 실재계 속의 도덕적 기준인 초자아 사이의 균형을 도

모한다. 여기가 바로 주체가 모습을 드러낸 곳이다. 주체를 객관적 자아라고 말하기도 하지만 이드와 초자아의 경계에서 외부자극에 민감하게 반응하는 주도적이고 통제적인 면에서 자아의 항성이라고 할 수 있다. 그것은 자아를 포용하면서도 윽박지르는 반동이다.

알프레드 아들러는 자기 가능성의 실현과 사회적 협력을 위해서 성찰이 필요하다고 보았는데 사회감정 실패가 더 심각한 과오로 이어지지 않기 위한 심리분석을 시도했다. 그래서 그는 심리학을 협동의 부족에 대한 이해로 정의했을 것이다. 오랫동안 최초의 기억의 특이함과 최초의 오류에 대한 언짢음이 마음에 걸렸었는데 성인이 되고 나서 그가 이미 이론으로 정립해 놓았다는 것을 알고는 경외심이 들었다. 개인적 경험과 정확한 지점에서 만나는 연구에 대한 신뢰 또한 두터워졌다. 최초의 기억과 최초의 오류는 자기 발달의 경험들과 그곳에 부여한 의미가 삶에 어떤 영향을 미쳤는지 해석해 볼 수 있는 좋은 기회일 것이다.

소유

*

자기가 원하는 것이

정확하게 무엇인지 알기 위해서는

자기에게 말 거는 행위의 주체와 대상이 동일해야 한다.

사람들은 에고ego가 묻고 이드id가 답하면서

자기에게 깊게 다가갔다고 착각한다.

*

공허가 비소유로부터 오는 것이 아니라

상대적인 박탈감에서 오는 것이라면

인구수가 많아질수록

공허의 정도는 더 심해질 것이다.

*

내가 화를 내고 좌절하는 이면에는

내가 잘못 소비한 욕망과 선택의 시간이

존재한다. 운이라고 하는 것은

성향에 따른 선택과 그 결과의 조화를 말하는 것이다.

*

아무리 이롭고 아름다운 새라고 해도

많으면 해롭다.

*

우리는 단순한 소유가 아니라

이야기가 있는 소유를 원한다.

단지 어떤 그 무엇이 원래부터 충족되어 있는

상태에서의 인간의 기쁨은

얼마 지나지 않아 권태로 바뀔 것이다.

아주 엄밀히 따지자면

그 충족상태에 이르기까지의 경험에서 오는

큰 기쁨을 느낄 가능성이 없기에

이 소유의 행복은 오래가지 않는다.

*

기득권이라는 것은 남들보다 더 많이 가짐으로써

우월감과 생의 편의를 도모하려는

인간적인 것이기에 무조건 폄훼할 수는 없다.

남들보다 더 나은 삶이어야 한다는 강박은

문화적인 것이어서 살아 있는 자들은

제각각 미래를 기준으로 하는 희망을 싹틔운다.

동등한 소유란 인간에게 고통에 지나지 않는다.

그러나 죽음에 이르게 하는 고통스런 가난은

인류가 물리쳐야 하는 공적인 것임에 분명하다.

*

가난하지 않으면서 누군가를 도와줄 만한 재력과

평소에 꿈꾸어왔던 아늑하고 잘 정돈된 집과

행복한 가정과 마음 깊은 곳을

채워줄 수 있는 사랑도 중요하다.

어떤 상태의 지속이나 경험의 유무는

소유의 개념으로 따질 수 없는 정신적인 것을 경유해서

이루어지고 지탱된다.

소유는 순환을 통해서

자기 본래의 효용을 드러낸다.

*

현대 사회에서 개인의 결격사유로 거론되는 것들은 증오와 왜곡, 무지와 가난, 오만과 비하, 욕설과 허영심, 의심과 피해의식, 자기 동정과 폭력성 등이 있다. 소유는 이 많은 것들 중에서 가난만을 방어할 수 있다.

*

우리가 진실로 원하는 것은
따뜻한 소유이다.
이것을 포유抱有라고 한다.
세상은 만유滿有에 너무 길들여져 있다.

*

누구도 자기를 울린 말들을 거역할 수 없다.
인생은 언어의 흔적이고
자기가 내뱉은 말들을 각자가 따라가게 된다.
말은 울지 않으려는 울음이니까.

*

목표로 삼으면 어느새 수단화되고

수단 중의 하나가 다시 목표가 된다.

인간은 그 둘 사이에서 좌충우돌하게 된다.

삶이 표류하지 않으려면

그 둘 사이를 명확하게 구분해 놓아야 한다.

안 그러면 내가 내 그림자에게

쫓기는 일이 생기게 된다.

*

인생의 중요한 느낌은 미루지 않는다.

언제나 메모를 하여 잊지 않으려고 애써야 한다.

그 느낌 속에 길이 있다.

*

인생은 자기의 삶이

헛되지 않음을 확인하는 작업이기도 하다.

실패하지 않아야 하니까.

*

왜 살아야 하느냐의 물음에 대해

먼 훗날 답을 하기 위하여 자녀는 필요하다.

삶의 과제를 이행하기

위해서였다고 말하기 위해.

*

삶은 시간 속에서 양산되는 다양한 고통을 감내하고

나를 버티는 노력들과 인내의 과정이다.

그 효용은 지금보다 훗날에 있다.

*

운명의 요구를 해소하고 그 위에 나를 쓰기보다

운명에게 나는 이런 사람이라고

미리 말하고 움직일 필요도 있다.

*

내가 서 있는 곳이 세상의 끝점이면서 시작점이다.

언제나 자기가 서 있는 곳이 우주의 중심인 것이다.

그러므로 세상을 확인하기 위해 정처 없이 여행하며

방랑할 필요는 없다.

*

죽음과 죽음의 과정은 별개다.

죽음 자체는 자유다. 다만 그 과정은 사람에 따라 다르다.

그 차이가 우리가 삶에 대해 생각해야 하는 부분이다.

모든 길은
문에서
시작된다

삶이 특정 목표로 향하기 위해서는 그곳으로 이어지는 길을 걸어야 하는데 평생 자기 길을 찾지 못해서 그 길로 들어서지 못하고 헤매는 경우도 많이 있다. 산을 좋아하는 사람들은 산속에서 길을 잃어서 낭패를 보는 일도 종종 생긴다. 잘 닦인 큰 길을 따라서 걷는 일이 정확한 목표지점을 향하고는 있지만 경쟁도 치열하고 멀리까지 가야 하는 부담도 생긴다.

간혹 잘 이용하지 않는 샛길을 찾아서 평상시 느끼지 못했던 새로운 감흥과 풍경을 추구하기도 하는데 각종 위험도 도사리고 있고 멀리 돌아가야 하는 여정일 수 있기에 쉽게 선택하지 않는다. 나만이 느낄 수 있는 정취 때문에 그 길을 고집할 때에는 길을 잃을지도 모른다는 각오도 준비되어 있어야 한다.

큰 길로 가기 위해서는 작은 길을 통해야 하고, 작은 길로 들어서기 위해서는 큰 길을 경유해야 한다. 내가 무엇을 원하느냐에 따라서 그 길들의 갈림길에서 내 심장이 가리키는 대로 크고 작은 선택들을 해야 한다.

한 번 지나간 길은 되돌릴 수 없고 그 길의 윤곽이 굳어져서 내 인생을 가늠하는 지표로 나타나기에 모든 길에서의 선택에는 언제나 신중을 기하기 마련이다. 어느 길로 가야 할지 잘 모르는 경우는 삶의 거의 매 순간 존재한다. 그러나 가장 당황스러운 것은 목표가 정확하지 않아서 길을 선택하지 못하고 갈등만 하게 되는 상황이다. 내가 잘하는 것과 나를 가장 끌리게 하는 곳으로 방향을 잡게 되는데, 그 방향조차 설정하지 못하고 무작정 걷기만 하는 일들도 생긴다.

현재에서 가장 이윤이 많이 나는 길에 사람들이 모여들게 된다. 그러다 보니 정작 자신이 원하지 않는 길목에 덩그러니 서 있으면서 갈등하기도 한다. 내가 즐거우면서도 원하는 길목은 사회경제적 이윤이 많지 않은 곳이어서 한산할 수도 있고 초기 투자가 과감해야 하는 경우에는 지레 포기하기도 한다.

세상 어느 길이든 만만한 길은 없다. 게다가 내 길만을 찾는 거라면 보다 간단할 수 있겠지만 가족들의 문제까지 얽혀져 있는 경우가 많다. 아픈 아버지와 힘없는 어머니와 형제들까지 변수로 다가오면 내 꿈보다는 결과가 가장 빠른 길을 선택하는 것이 현실적이다. 거기에 정서적인 부분들까지 끼어든다. 허영과 강박, 무지와 허세, 도피와 결벽 등등이 사랑과 헌신과 희생 등과 섞여서 다가온다. 시대는 바뀌었지만 지금도 이러한 선택 앞에서 이러지도 저러지도 못하고 고민하고 있는 사람들도 많을 것이다.

내가 원하는 것이 정확히 어떤 것인지 아는 것과 최소한의 예측 가능한 미래를 통해 시대의 흐름을 제대로 읽고 대응하는 것이 중요하다. 물론 그 뒤에도 현실적인 부분들이 뒤따라온다. 나의 실력과 성향, 체력과 경쟁자 집단의 구도, 길의 험난함과 소요시간, 장소적 위치와 차후의 진로에 미치는 영향 등도 고려 대상이다.

길은 그 길만으로 끝나는 것이 아니라 다른 수많은 길로 이어지기에, 그 이어지는 길들의 위치까지 어느 정도 파악하고 있어야 한다. 그 길들 위에서 마주치게 되는 위험요소들도 살피게 된다.

사람을 만나는 일도 알게 모르게 이런 대부분의 조건과 과정을 순차적으로 거치게 된다. 사랑이라고 해서 별반 다르지 않다. 나에게 맞는 완벽함은 존재하지 않기에 내가 맞춰야 하는 부분을 준비하기 위해서다. 사랑이 나를 정신없이 이끄는 경우 그 사랑에 모든 것을 맡기기도 하지만 사랑 또한 사람의 일이라서 그 사랑이 다가오는 속도에 맞춰서 동시에 나를 맞추게 된다. 이 사랑이 계속될 수 있을지에 대해서 생각하면서 말이다.

사랑이 본능인 건 호르몬 때문이다. 본능과 이성의 충돌을 막을 방법이 없기에 실패 없는 사랑을 위해서 정신을 바짝 차리게 되고, 그러면 예민함이 두드러진다. 사람은 사랑 때문이 아니라 사랑이 가져올 여파 때문에 예민해지고 때로는 실수하기도 한다. 사랑의 실패가 인생의 실패는 아닐지라도 두고두고 그 여진이 계속될 것이기에 조심스러울 수밖에 없다. 사랑도 내가 가야 하는 길처럼 나에게 맞는 대상을 찾는 데 많은 시간이 소요될 수 있다. 지금 좋기만 한 사랑보다 앞으로도 계속해서 좋을 사랑을 찾게 된다.

길은 어디에도 존재한다. 그 많은 길들 중에서 내 길 하나 찾는 것이 어렵다. 손에 닿기만 해도 숲의 푸름이 우거지고 가기만 하면 길이 되는 인생이라면 얼마나 좋을까. 그러나 인생은 그 많은 길들 중에서 내 길을 찾는 것이 일이고 의무이기에 소중한 것이다. 누군들 시행착오를 겪으며 아픔을 느끼고 고통과 절망을 무릅쓰면서 현재를 겨우겨우 버티며 살고 싶겠는가. 그 많을 것 같은 다양한 인생 속에 내 맘대로 아무거나 하나를 고를 수도 없다. 내 몫은 내가 만들어야 하는 것이다.

삶은 한 번뿐이어서 포기하고 다음을 기약할 수가 없기에 어떤 난처하고 왜곡된 상황일지라도 그것을 해소하고 성공적인 현실로 나아가기 위해 고군분투하게 된다. 그리고 어떤 시간 안에는 그 결과가 나타나야 남은 삶의 진행에 긍정적인 역할을 가져올 수 있다는 것을 안다.

인생은 시간의 터널 속을 달려가는 다람쥐와 같을지라도 개인이 느끼는 쳇바퀴의 얽힌 사슬을 풀어 그 매듭의 한 자락을 자기가 원하는 어떤 삶의 끝 길에 연결시키려는 노력들의 경주로 이루어진다. 나의 꿈과 욕구불만과 트라우마까지도 녹여낼 수 있는 곳으로의 여정은 체력과 시간이 허락하는 한 포기되지 않을 것이다.

그런데 자기가 나아갈 길인 그 끝 길이 정확히 보이는 것은 아니다. 일정부분에 있어서의 회오리도 예감하고 있기에 그 끝 길에 존재하는 것이 무엇이 되었든 타협할 준비는 되어 있고, 정확하게 보이지 않는 그 무엇을 확인하고 싶어서라도 끝까지 삶을 완주하고 싶어진다.

예전에는 언제나 최대한을 요구했지만 그것이 최소한에라도 다다를 수 있다면 성공적인 것임도 감지한다. 삶의 진행과정에서 잠시 올라서게 되는 작은 봉우리들을 통해서 언뜻언뜻 얽힌 나뭇가지 사이로 그 끝길을 살필 수 있었을 뿐 방향감각 하나만을 가지고서 무작정 숲이 우거진 산길을 헤매는 날들도 거쳐야 한다. 그리고 그 끝 길에는 아무것도 없을 수도 있다는 것을 생의 과정 속에서 어렴풋이 느끼게 된다. 그 지나온 과정 자체가 소중한 삶이었던 것이다. 길은 망가져 있고, 건물은 폐허가 되었으며, 인기척이라고는 없는 낡고 허름한 장소에 다다랐을 때 느끼는 자기 삶에 대한 수긍이야말로 인간이 스스로를 위로할 수 있는 마지막 기회이다.

보다 상위 차원의 규칙들이 요구하는 바를 이루기 위해 나 자신과의 투쟁에서 얼마나 나를 성숙시켰을까. 나는 그럴 만한 가치가 있는 주제들을 가지고 내게 주어진 시간을 제대로 소비했던 것일까.

사람들은 훗날 자기가 잊힐까 봐 두렵다고 한다. 그러나 정작 두려운 것은 내가 나 자신과 다르게 기억되는 일일 것이다. 나의 본 모습을 그대로 봐줄 수 있으면 좋으련만 의미가 가져오는 바라봄의 방향이 사람들마다 달라서 누구도 정확하게 한 사람을 그대로 재현해내지 못한다.

내가 나와 다른 모습으로 기억되는 것은 내 삶의 의미가 퇴색되는 일이다. 생의 하자들과 고독의 이유들과 아무리 애썼어도 부족했던 부분들도 가감 없이 드러나기를 원한다. 그러려면 어느 정도 명징한 이미지가 존재해야 하고 몇몇의 에피소드도 필요할 것이다. 꿈꾸었으나 이루지 못한 것들 속에 한 개인이 삶의 균형을 잡는 방식이 드러나지만 그것이 과도한 것이었는지 아쉬운 것이었는지에 대해서는 누구도 확인하지 못할 것이다. 음식이나 취미생활 부분만이 어느 정도 확연해서 그를 조망할 수 있게 하고 마음에 새겨진 얼굴들도 살짝 엿볼 기회가 있을 것이다.

인생의 과정은 사랑의 여정이며, 타고난 심리적 조건들이 다듬어지고 깎여져서 생의 아픔들이 승화되고 물결 같은 무늬로 그 삶의 배경이 되는데, 최후의 섬망 속에서 가장 애틋한 몸짓 하나를 확인하고 눈을 감게 되기를 바라게 된다. 내가 누군가를 그리워했듯 나를 그리워해주는 누군가가 있을까에 대한 의문은 남겨놓고서 말이다. 세상의 벽들과 부딪치는 횟수가 늘어날수록 삶은 지체되는데 그것은 일찍이 받아들였던 생의 난해한 관념들을 녹여내는 과정과 맞닿아 있기 때문이다.

사람이 살고 있는 곳이면 어디든지 문이 있게 마련이다. 집과 건물뿐만 아니라 다른 도시로 통하는 입구에도 문을 만들어 관문임을 표시하고 각 나라는 항구와 공항을 그 문으로 사용한다. 문을 나서면 길들이 이어지지만 지역이 바뀔 때에는 길 위에 문을 만들어 세우기도 한다. 혹여 길을 가다가 그 길을 잘못 들어 도저히 갈피를 못 잡고 정처 없이 헤매게 될 때에는 자기가 최근에 통과한 문으로 되돌아가기를 권한다. 모든 길은 문에서 시작되고 내가 확인하지 못하고 지나쳤던 작은 오솔길도 그곳으로부터 이어져 있을 것이다.

시간의
활용

*

다람쥐는 예쁘고

물고기는 안 예쁜가.

인간들은 깨끗한 곳에 사는 동물들은 귀여워하고

정작 더러운 곳에 사는 동물들은 잡아먹는다.

*

선택에 대한 두려움이 일을 그르치게 한다.

인생은 그 확신에 대한 시험이 가혹하게 느껴지는 과정이다.

두 가지 안목이 동시에 존재하는 것은 안전을 위한 산물이며,

시간은 나의 조건과 성향을 묻지 않는다.

내가 간사하다고 여기지만 쉽지 않은 결정을 요구받았을 뿐이다.

*

꼭 사랑해서가 아니라

사랑하지 않을 이유를 찾지 못해 사랑한다고 말하기도 한다.

그러나 이미 사랑하고 있었던 것이다.

우리는 나와 나의 인식의 차이를 자주 경험한다.

*

완벽해지려고 너무 애쓰지 않는다.

사람의 일에는 어느 정도의 부족함과 모자람이

생성되기 마련이다.

욕심이 있어야 성취도 있는 것이지만

좀 더 완벽해지기 위해 한 발 더 내딛다가

낭떠러지로 떨어지는 경우도 있다.

*

주인집 문간에서 굶어죽은 개가

한 나라의 멸망을 예고한다.(『순수의 전조』, 윌리엄 블레이크William

Blake)

영국 산업 사회의 폐해를 읊은 풍자적인 시이다.

지구상의 인구가 100억 명 수준에서 정점을 찍는다고 하고

그 인구의 9할이 가난한 나라에서 태어난다고 하면

지금 예상할 수 있는 것은 아주 일부만이 인간다운

생활을 할 수 있을 거라는 가정이다.

세상에 순수한 고통이란 없다.

*

시작詩作 활동은 시의 교과서라고 불리는

것들을 던져버리고 나의 시를

짓는 일이지만 결코 만만하지 않다.

인생도 이와 같길 바라지만 사람들 사이에서

살아가야 하기에 갈등과 시행착오가 필수적이다.

나 자신이 부족하고 맘에 들지 않아도

조금씩 다듬으며 나아가야 한다.

*

어릴 적에 물을 안 마시고 수영하는 법을 배우려고 애썼다.

그래서 아직도 수영을 할 줄 모른다.

*

멀리 가는 자는 말이 없다.

바다에는 길이 없고

떠나는 자만 그 방향을 안다.

*

결국에는 모든 변수들을 제거한 뒤에

마지막 둘 중 하나에서 선택이 이루어진다.

확신을 얻기 위해 가치 개입도 시도된다.

느낌이 모든 해석의 최상위에 있으려면

그 이전의 분석이 정확해야 한다.

*

머릿속이 복잡해서 뭘 해야 할지 갈피를 못 잡을 경우

작은 것부터 차근차근 해결해야 한다.

설거지, 책장 정리, 소파 옮기기, 안경 맞추기 등

작은 것들이 어느 정도 정리되다 보면

이제 해야 할 큰일이 명확해진다.

*

일찍 일어나는 새보다

반 박자 빠르게 움직이는 새가 벌레를 잡는다.

*

부자는 책을 멀리하다가 성공한 이후에야

자기를 되돌아보기 위해 그것을 찾는다.

식자는 부를 하찮게 여기다가

책을 충분히 읽고 나서야 부를 추구한다.

어느 것을 먼저 이뤘든

누구도 자기를 완벽하게 채울 수는 없다.

*

모든 것이 변수들로만 구성되어 있다면

일의 진행이 더디니 기다려야 한다.

의지도 때로는 자제시킬 필요가 있다.

*

행복하지 못하면 시기받지는 않으나

차라리 시기받는 것이 더 나을 것이다.

세상의 대부분 이유는

겨우 만들어진 것들이다.

*

움직일수록 인생이 꼬이는 상황이라면

발버둥 치지 말고 기존의 인연들을 벗어나야 한다.

당신의 잘못이 아니다.

과감하게 새로운 곳에서 다시 시작해야 한다.

*

인류는 불과 몇 천 년의 진보된 문명을 위해

지난 400만 년 동안 기나긴 생성을 계속해왔다.

우리가 욕심을 조금 자제하고

자연과의 공생에 관심을 기울이면

이 문명을 좀 더 연장할 수 있다.

*

사람이 오만하게 되면 그것을 반성할 시간이 주어지는데

어떤 견고한 개체라고 해도 이 과정을 겪는다.

그러나 새로운 기회 또한 주어진다.

사회생물학적 진화의 산물로 보기에는 무리한 현상이지만

그래서 세상은 돌아가는 것이라고 본다.

*

우리는 삶을 살아가면서 크고 작은 기적들을 마주하게 된다. 그중의 일부는 나 스스로 행한 것들이다. 몇 년을 끌어온 배관 수리를 하루아침에 해결한 일, 매년 늦가을이 되면 허리가 아픈 증상의 병명을 알아내고 스스로 처방한 일, 숱한 절벽들도 탈 없이 건너다닌 일, 잘못 알고 있었던 발 사이즈를 정확하게 확인한 일, 맛이 안 살아나는 음식에 설탕을 조금 첨가할 줄 알았던 일 등등 우리는 기적을 일으키며 내게 주어진 현재들을 버티며 살아왔다. 그리고 앞으로도 계속해서 이 행보를 이어갈 것이다. 나는 한 그루의 나무이며 하나의 등불이다. 나는 이 세계에 매우 유익한 존재임에 틀림없다.

사랑의 어려움을 푸는 해답은 자기를 거는 진심 어린 작은 문장에 있지 않을까.

사랑은 '관계'를 통해서 '이해'로 다가간다.

에필로그

오랫동안 마음에 두고 있었던 사람을 길에서 우연히 마주
쳤는데 평범한 안부인사만을 전하고 뒤돌아섰던 경험이 비단 나에게만
있었을까. 사랑은 관계 맺기를 통해서 앞으로 나아가게 되는데 삶의 시
점을 맞추지 못해 애틋한 마음이 정처 없이 표류하는 일도 발생한다.

용기 있는 한 마디를 하지 못하고 절호의 순간을 놓치게 되는 것은 마
음의 방향과 현재의 진행 사이에 나타나는 순간적인 갈등을 내가 뛰어
넘지 못한 탓이다. 그 마음을 결정하는 속도는 현재의 나를 바꿀 수 있는
중요한 포인트이면서 일의 실마리다. 사랑뿐만이 아니라 세상 모든 일의
진행도 그렇게 이루어지고 그렇게 막을 내린다.

갈등과 마음의 추스름이 조화를 이루어 우리를 앞으로 나아가게 한다. 보

다 정확하게 보고 마음의 방향을 정하는 일이 삶이다. 사랑의 방향 전환이 필요하거나 사랑을 복원하고자 하거나 사랑을 쌓아가려고 할 때는 일상적인 움직임보다 더 적극적인 행동이 요구된다. 우리는 사랑에 둘러싸여 살면서 그 사랑의 남루함과 중압감도 경험한다. 그래서 자극적인 새로운 사랑을 욕구하기도 한다. 사랑이 자기 책임감 내에서만 이루어진다고 보았을 때 개인에게 부여된 권리이면서도 의무인 시간에 대한 배분은 자기를 얼마나 균형 있게 가꾸어나가고 있는지에 달려 있다. 작은 지점에서 실수를 연발하고 그 행동의 관성에 따라 어떤 기대 상황의 포기를 가져오기도 한다.

중심을 잃지 않으면서 마음이 열리는 속도보다 조금 빠르게 앞서나가는 것이 필요하지만 대부분은 마음에 마지못해 끌려가게 된다. 인간은 약한 존재이다. 자기를 이긴다는 말은 마음에 끌려가기보다 마음을 끌고 나간다는 뜻이지만 그게 어디 말처럼 쉬울까. 나는 나 자신에게 언제나 한 발 뒤처져 있다. 우리가 얘기하는 마음은 고여 있는 존재의 마음이다. 현재 상태의 존재자의 마음이 그것보다 조금 앞설 수 있게 하자는 것이 우리의 논의의 대상이다.

이 책에서는 내가 내 마음보다 늦춰지게 되는 이유들을 삶의 여러 모습을 통해 살펴보고자 했고, 가급적 단순화된 언어를 통해 그것을 확인하고자 했다.

삶이 너무 힘든 이유는 너무 지쳐 있어서 새로운 동력을 끌어올리지 못하기 때문이다. 사랑은 우리 삶의 배경인 동시에 그 줄거리다. 우리는 사랑으로 살아가고 있기에 언제나 그 사랑의 부족함을 느끼게 되고 잘못 진행되고 있는 사랑 때문에 허덕이게 된다. 사랑이 에너지인데 그 에너지를 끌어올 곳이 없어 사랑의 대용물들을 찾아 헤매기도 한다. 무언가에 몰두할 수 있다는 것은 그곳에 내 삶의 에너지가 결집되어 있다는 뜻이기에 중요한 의미를 지닌다. 사랑을 하며 살아가면서 사랑에 대해 잘못 알고 있는 것도 있고, 심지어 자기가 이미 사랑에 빠져 있다는 사실도 모르는 경우도 있다.

삶을 살아가면서 중요한 지점에서 선택을 그르치는 것은 자기 마음에 대한 확신이 없어서다. 지나고 나서 내가 준비가 덜 되어 있었다는 생각이 들게 되면 후회하고 싶지 않아도 계속해서 떠오른다. 다가올 시간에 대해 나를 정확하게 얘기할 수 있는 준비는 자기 마음에 귀를 기울여 나를 보다 명징하게 다듬는 것이다. 너무 복잡하게 얽혀 있는 마음의 줄기들을 깔끔하게 정돈해놓으면 그곳에서 새롭고 효율적인 가지들이 생성된다. 그러면 나는 보다 나다워지고 가벼워지며 행복해질 것이다.

　이 책을 통해 어떻게 하면 내 마음을 여는 속도가 내 삶의 진행보다 늦춰지지 않을지 탐험해보는 시간이 되었으면 한다. 바닥을 확인해야 직성이 풀리는 고립감을 넘어서서 내가 미리 설정해놓았던 마음이 움직이는 순서들을 바꿔보는 것도 좋으리라. 누군가의 아픔이 끝나기를 기다리기 전에 내가 먼저 다가가서 그 아픔을 치유해주는 역할도 필요하리라. 사랑의 어려움을 푸는 해답은 자기를 거는 진심 어린 작은 문장에 있지 않을까.